三毛猫ホームズの暗黒迷路

赤川次郎

角川文庫
22172

三毛猫ホームズの暗黒迷路　目次

プロローグ

そこは行き止りだった。

「畜生、どうなってるんだ？」

と、笹井《ささい》は舌打ちした。

「地図とまるで違いますね」

と、片山義太郎《かたやまよしたろう》は左右を見渡し、「迷路の中を進んでるみたいだ」

「戻るに戻れない。——まさか、こんなことになるとはな」

笹井は息をついて、「他の連中も同じようなもんだろう」

「そうですね」

片山はペンシルライトの光で、手描きの地図を照らした。「今、どの辺にいるのか、さっぱり見当もつきません」

「あいつ！　いい加減な地図を描きやがって……」

「どうします？　行き止りじゃ……」

片山はその塀を見上げて、「これを乗り越えちゃいけませんしね」

「仕方ない。少し戻って、別の方へ行ってみよう」

笹井はそう言ってから、激しく咳込《せきこ》んだ。

「笹井さん。――大丈夫ですか？」

「大丈夫だ。――大きな声を出すな。気付かれるぞ」

言いながら、笹井は自分の咳の方がよほど辺りに響いていると分っていた。相手が片山だから言える。

今どきの若い奴らなら、面と向って不平を言うに違いない。しかし片山は思いやりの心というものを持っている。

「すまん……。もうおさまった」

凍えるような真冬の空気は、一旦《いったん》咳込み始めると、容赦なく喉《のど》を痛めつけた。

それでも何とか咳を押え込んで、笹井は片山と共に来た道を戻って行った。

「――ここで右へ曲ったのがいけなかったのかな」

と、片山は地図を見て、「ええと……こっちかな？　あれ？　今どっちから来たんでしたっけ」

体は辛《つら》かったが、笹井は片山を見ているとつい笑いを誘われて、気分が楽になる。

「お前はよく刑事をやってるよ」

と、笹井は言った。

「自分でもそう思います」

片山が大真面目に言った。

「この道を行くんだ。向うへ行ったら、同じ道へ戻っちまうぞ」

「あ、そうか。どうも方向音痴でして」

片山は吹きつける木枯しに首をすぼめて、「寒さのせいですかね」

「関係ないだろ」

笹井は腕時計を見て、「さあ、急がないと、奴をまた取り逃がす」

「はい」

片山と共に、やはり細い曲りくねった道を辿《たど》り始める。

――深夜だった。

この辺りは、かつて家内工業の小さな工場が立ち並んでいた。しかし、この七、八年で次々に工場は立ち行かなくなり、倒産し、住んでいた人々も去った。

今、ここはゴーストタウンと化している。

「同じ東京とは思えないな。六本木《ろっぽんぎ》辺りのにぎやかさと比べると」

と、笹井は言った。

笹井俊文《としふみ》は今、停年間近の五十九歳。

出世とは縁がなかったが、刑事という仕事が好きだった。

むろん、楽な仕事ではない。長年こき使って、体が悲鳴を上げるのも無理からぬことだった。

あとひと月ほどで退職。――今夜も、この作戦に加わらなければならないわけではなかった。

実際、現場に来てからも、

「笹井さん、車で連絡係をやったら？」

とも言われた。

しかし、そう言われると却《かえ》って、

「まだやれる」

というところを見せたくなってしまったのだ。

「もっと人手があれば良かったですね」

と、片山が言った。

「なに、あんまり大勢だと、却って取り逃がすことがある」

今夜、片山たち、捜査一課の刑事たち十人近くが出向いて来たのは、三人を殺して逃走中の金山広造《かなやまこうぞう》という男を逮捕するためである。

金山の弟分だった男を訊問《じんもん》して、金山がこのゴーストタウンの一画に潜んでいることを吐かせた。

その弟分が描いた地図をもとに、手分けして逃走ルートをふさぐ形で追い詰めて行こうという作戦だったが、いざ来てみると、道の様子が地図と大違いだ。

「――こんな所に道があるなんて、描いてありませんね」

と、片山は足を止めて、「どうしましょうか」

「一人ずつ別れるか」

「でも……」

相手は凶悪犯で、銃を持っている。一人になるのは危い。

突然、笹井はまた咳の発作に襲われた。

体を折り曲げるほどの激しい咳。――しかし、幸いそう長くは続かなかったが……。

「大丈夫ですか、笹井さん？」

「ああ。行こう」

と、体を起して、笹井は腰に刺すような痛みを覚えて、思わずうずくまった。

「笹井さん！」

「すまん……。ちょっと、手を貸してくれ」

笹井は、片山の手にしがみつくようにして、やっと道の隅に置いてあった段ボールに腰をかけた。

「畜生……。咳で腰をやられた」

腰痛も、長年の持病で、騙《だま》し騙しやって来た。よりによってこんなときに……。

「立てますか？」

と、片山は訊《き》いた。

「どうも……無理なようだ」

座っているだけでも痛みは息が止るほどだ。

「笹井さん、誰か呼びましょうか」

「そんな呑気《のんき》なこと言ってる場合か。一人で先へ行け」

「でも――」

「俺は、ここでこの道から逃げて来ないか見張ってる」

「一人でですか？」

片山は、その細いわき道を少し入ってみて、

「――行き止りらしいですね。じゃ、笹井さん、ここにいて下さい」

「ああ、早く行け」

「それじゃ」

片山はその道を進んで行った。

小さなライトの灯が見えて、

「片山さんですか」

「ああ。若原《わかはら》か」

「そうです」

ホッとした様子で、「良かった！　もし金山だったらどうしようかと思いました」

「おい、しっかりしろよ」

と、片山はつい笑ってしまった。

若原は二十四歳の新人刑事で、また見た目が童顔なので、みんなにからかわれる。しかし、至って真面目で、いささかあわてん坊。それでも憎めないので、先輩たちには可愛がられている。

「若原、一人か？」

「ええ、途中で道が分れる度に別々になったんで、一人になっちゃって心細かったんです。片山さん、笹井さんと一緒だったんじゃ？」

「うん、笹井さん、途中で腰を痛めて動けなくなったんだ」

「そうですか。じゃ、一緒に行きましょう」

若原は嬉《うれ》しそうだ。「――いざってときは金山と一対一でも怖くないですけど、そうなるまでの方がいやですね」

「分るよ。さ、行こう」

片山は若原の肩を叩《たた》いた。

そして二人は金山の潜んでいるはずの空家へと近付いて行った……。

あれからどれくらいたったろう？

笹井は、片山と別れたときのまま、段ボールに腰をかけて、じっと腰の痛みに耐えていた。

畜生、こんなときに……。

疲労や眠気は気力で何とかすることもできるが、この痛みはどうにもならない。

無理をして来るのではなかった、と悔んだが、もう遅い。——まあ、他の連中で充分に金山を捕えられるだろうが。

「しかし……遅いな」

もう踏み込んでもいいころだが。

笹井が腕時計に目をやったとき、夜の静寂を破って、銃声がたて続けに聞こえた。

ハッとして立ち上ろうとしたが、腰の痛みで、思うに任せない。

「逃がすな！」

「どっちだ！」

といった怒鳴り声が聞こえて来た。

金山が逃げたのか？——むろん、ここへは来ないだろうが、笹井は段ボールに腰かけたまま、拳銃《けんじゅう》を抜いた。

「急げ！」

「反対側へ回れ！」

という声。

バタバタと駆ける足音まで聞こえて来るほど、周囲は静かなのである。

頼むぞ。逃がすなよ……。

そのとき、戸がきしむような音が、ごく近くで聞こえた。

——何だ？

笹井は左右へ目をやった。近くにドアなどなかったと思うが……。

そして——笹井は目を疑った。

ただの塀だと思っていた、ブリキ板の一部が、扉のように開いて来たのである。そろそろと。

まさか！　ここから逃げようというんじゃあるまいな。

「どこだ！」

「早く捜せ！」

という声が聞こえて来る。

金山は、思いがけない所から逃亡したのだ。そして——今、笹井の目の前に出て来ようとしている。

拳銃を握る手が震えた。同時に、ここで金山を逮捕できたら、停年を控えて、正に「花道」になる、とも思った。

その扉はきしみながらゆっくりと開いて来て、現われた人影がそっと周囲をうかがっていた。

笹井はライトを取り出そうとしたが、右のポケットへ入れていた。ライトを取り出すには、拳銃を一旦《いったん》左手に持ち替えなくてはならない。その間に撃たれるかもしれない。

——どうする？

暗くて、その人物の顔は分らなかった。

しかし、黙って見ているわけにはいかない。

両手で拳銃を構えた。

心臓が高鳴り、この寒さの中で、汗がにじんだ。

その男は道へ出て来ると、笹井の方へ背を向けて、歩き出した。

「止れ！」

と、笹井は上ずった声で叫んだ。

振り向きざま、男が銃を発射した。弾丸が笹井の耳もとをかすめた。

引き金を引く。銃声が耳を打ち、ガ～ンと反動があった。

狙ったという意識はなかったが、男がよろけて倒れた。

――やった！

笹井は、腰の痛みを忘れて立ち上った。

震える手でライトを取り出し、こわごわ近付いて行く。

男は倒れて動かなかった。

「動くな……。動くなよ」

意味もなくそう言いながら、笹井は男に近付いて、ライトの光をその顔に当てた。

――膝《ひざ》が震えた。

「嘘だ！」

と、思わず言った。

そのライトが照らし出したのは――新人の刑事、若原の顔だった。

俺は……人違いをしたのか。

「おい……。しっかりしろ！」

笹井はかがみ込んで、若原の体を揺さぶった。しかし、何の反応もない。

血だまりが広がって行く。

笹井は地べたに座り込んでしまった。

そして、背後に誰かの気配を感じて、振り返った。

「笹井さんがこの辺に――」

片山は角を曲って、「笹井さん！　どこです？」

ライトの中に、地べたに座り込んだ笹井が見えた。

「笹井さん、大丈夫ですか？」

片山が駆け寄ると、

「奴が……」

「え？」

「金山が……」

「金山がここへ？」

片山は、少し先に倒れている人間に気付いてライトを向けた。

「――若原！」

「俺を……守ろうとして、金山に撃たれた」

笹井は力なく肩を落として、「俺には……どうにもできなかった」

「大変だ！――救急車を呼びます！」

片山は、駆けつけて来た刑事たちへ、「若原が撃たれました！　早く追って！」
と怒鳴った。
救急車を呼んで、片山は若原のそばへ寄り、手首を取った。
「——だめですね」
片山は首を降って、「可哀そうに……。向うでバラバラになってしまって……」
凍えるような風が、狭い道を吹き抜けて行った……。

1 婚約者

「急にそんなこと言われたって……」

と、晴美《はるみ》は仏頂面で言った。「せめて前の日には言ってよ」

「俺だって分ってるさ」

と、片山は顔をしかめて、「しょうがないだろ、今日になって課長から突然言われたんだから」

「何とか、お友だちから借りたのが着られて助かったけど……。一昨日クリーニングに出したばっかりだもの、黒のスーツ」

「間に合ったんだからいいじゃないか」

「まあね……」

片山は車の窓から外を眺めて、

「晴れたのはいいけど、風は強そうだ。寒いかな」

「そりゃ、冬だもの。ね、ホームズ」

晴美の膝の上で長く寝そべっていた三毛猫がトロンとした目を上げた。しかし、返事の一つもせずにまた寝入ってしまう。

「少し早目に着きますね」

車を運転していた石津《いしづ》刑事が言った。

「いいさ、遅れるより早い方が」

と、片山は言って、黒のネクタイを締め直した。

「ええ、まあ……。でも、あんまり早いのもまずいんじゃないですか？」

「大丈夫さ。仕度はもうできてるだろうから、控室でお茶でも飲んでれば」

「そうです……ね」

石津の言葉には力が入っていなかった。

聞いていた晴美が笑いをこらえて、

「お兄さん。石津さんは、どこか途中でお昼を食べたいのよ」

「え？——あ、そうか」

「いえ、とんでもない！」

と、石津はあわてて言った。「一食や二食抜いても、大丈夫です」

「無理するな。その辺にファミレスがあるじゃないか」

「では寄りますか？　僕はどっちでも……」

と言いつつ、車はスピードを落とし、アッという間にファミリーレストランの駐車場へと入っていた……。

――殉職した若原等《ひとし》の葬儀の日である。

片山、石津が出るのは当然として、急に晴美まで呼び出されたというのは――。

「で、何て名前だっけ？」

オーダーをすませてから、晴美は言った。

「ええと……」

片山は手帳を開いて、「〈中沢《なかざわ》江里《えり》〉だ。二十四歳、ＯＬ」

「写真とか、ないの？」

「そんなもの、ないよ」

「ま、行けば分るわね」

晴美は、名前をとりあえずメモした。

――若原には、中沢江里という婚約者がいた。

それを知ったのは、昨日のことで、しかも今日は大勢のマスコミが取材に来ると予想された。

「ともかく、誰か一人、その婚約者についていてくれ」

と、課長が言い出したのである。

でも、誰がつくのか？　大体誰もその婚約者に会ったことがない。

「若原は母親と二人で暮してたんだ」

と、片山は言った。「母親には、以前にも会ったことがあるよ」

「じゃあ、大事な一人息子だったのね」

「うん……」

片山は、今でも思い出すと気が重くなる。

課長と二人で、若原の家を訪ね、息子の死を告げたときのことだ。

応対に出て来た母親は、息子の死を聞くと、さすがに青ざめたが、涙一つ見せずに、

「警官になった以上、そういうこともあると覚悟しておりました」

と、しっかりした声で言った。

そして、

「犯人は必ず逮捕します」

という課長の言葉に、

「よろしくお願いします」

と、頭を下げた……。

マスコミは、金山の「第四の殺人」を大々的に報じた。金山はまだ銃を持って逃走していて、更に犯行を重ねる可能性もある。

「全く情ないな、十人も出向いて、金山を取り逃がして」

と、片山はため息をついた。「しかも、若原が射殺されて……」

「お兄さんのせいじゃないわよ」

「しかし、ずっと若原と一緒にいれば……。奴の潜んでる空家へ踏み込むとき、離れちまったのが……」

片山が辛《つら》いのは、そのことばかりではなかった。

金山を取り逃がしたのは明らかに警察のミスだが、若原の死のおかげで、マスコミは「嘆きの母親」ばかりを追いかけ、警察の責任を追及しようとしなかった。

追及されたいわけではないにしても、それでホッとしている同僚が少なからずいることは、片山にいっそう辛い思いをさせたのである……。

そんなことを考えていると食欲もあまりない片山だったが、石津はまるで関係なく、勢い良く、ランチを食べていた。

「――何よ」

と、女の声がして、片山たちは食事の手を止めた。

少し離れたテーブルに、黒のワンピースの若い女性がいることに、晴美は気付いていた。

もしかして、同じ斎場へ行くのかもしれない、と思った。同じ斎場で、同時に何組も葬儀が行われているから、珍しくはない。

その女性と話し込んでいたのは、もう五十近いかと思える背広姿の男性で、親子ほど年齢は違うが、明らかに親子ではなかった……。

「そんな話をしに来たの?」

女性の方の声は、トーンが高くなって、片山たちのテーブルまではっきり聞こえて来た。

「そう大きな声を出さないで……」

と、相手の男はあわててなだめている。

「普通の声よ!」

女性は明らかに怒っている。

「落ちついて——」

「落ちついてるわよ!」

と、ますます甲高くなる。

「君だって分ってるだろ。僕は仕事があって、これ以上君とは続けていけない。家内は気付いてて、チクチク皮肉を言うし……」

「奥さんが怖いの」

「当り前さ。僕の仕事は家内の父のコネでやっていられるんだ。今の内に切れておけば皮肉ぐらいで済むけど、そうでないと……」

不倫のカップルにしても、男がこう逃げ腰になったらもう終りだろう。

「意気地なし!」

と、女性はなじった。「若い子と寝るのなら、それくらいの代償は覚悟しなさいよ!」

周囲のテーブルの客も、みんな面白がって聞いている。

「そういう言い方はないだろう」

と、男の方もムッとしたように、「僕が君のために一体いくら使ったと思ってるんだ? いつもフランス料理やイタリア料理を食べさせたし、そうだ、一度はふぐだって食べたじゃないか。あれは一人三万円もしたんだ。おかげで僕はあの後、ずっと飲みにも行けなかった……」

晴美も聞いていてうんざりして来た。

「それは失礼しました」

と、その女性もすっかり冷めた口調で、「それじゃ今度まとめて請求書を送ってちょうだい」

さすがに男も言い過ぎたと思ったのか、

「いや、だからどうだって言ってるんじゃないよ。しかし……」

「もう行くわ」

と、女性は立ち上って、「せめて、ここのコーヒー代くらいは払って行くわね」

千円札を置くと、

「おつりは取っといて」

と言うなり、さっさと出口の方へ。

「おい、待てよ！　おい！」

男はあわてて追いかけようとして、ちょうど飲物を運んでいたウエイトレスにぶつかってしまった。

「わ！　冷たいじゃないか！」

ジュースやコーラをもろにかぶって、男は怒鳴った。「気を付けろ！　どこを見て歩いてるんだ！」

ウエイトレスの方も黙っていない。

「何よ！　そっちがいきなり飛び出して来たんじゃないの！」

「何だと！　口答えするのか！」

すると、ウエイトレスがいきなり平手で男の顔を引っぱたいたのである。

男は痛いというより、ショックで愕然《がくぜん》とし、店内にはその平手打ちに賛意を示す拍手が湧き起ったのである……。

「ここですね」

石津は車を斎場の門の中へと入れた。

「もう待ってる人がいるわ」

晴美は、寒い中、分厚いジャンパーを着込み、TVカメラをかついで待機している取材陣を見て、「ご苦労様ね」

「ニャー……」

「ホームズも同感らしい」

と、片山は言った。「じゃ、晴美、頼むぞ」

「ええ、分ったわ。中沢江里さんだったわね」

晴美が突然呼び出されて来たのは、死んだ若原等の婚約者の相手をするためだった。

「もう来てるのかしら」

「さあ、どうかな。――ともかく中へ入ろう」

車を降りて、片山たちは〈若原等告別式〉という札のある扉を開けて中へ入った。

既に中は準備が進んでいて、正面には、花に囲まれて、人なつっこい笑顔の青年の写真があった。

「何だか、あどけないみたいね」

と、晴美は首を振って、「不運だったのね」

「まあ、片山さんですね」

と、黒いスーツの女性がやって来た。「先日はごていねいに」

若原の母親だった。――髪は半ば白くなっているが、顔立ちはきりっとして、涙も見せていなかった。

片山が晴美を紹介すると、

「若原洋子《ようこ》と申します。――江里さんも一人だと寂しいと思いますから、ありがたいですわ」

「中沢江里さんは、もうこちらへ？」

「ええ、控室に。――そこの奥ですわ」

「ありがとうございます」

と、晴美は言って、「ホームズ、行くわよ」

と促した。

そのとき、

「片山……」

振り向くと、ステッキを突いて、笹井がやって来た。

「笹井さん、大丈夫ですか？」

「ああ。もう大して痛まない」

言葉とは裏腹に、笹井の動きは、いかにもぎこちなかった。

「でも……」

「こちらが、若原の……」

「ええ。若原君のお母様です」

「笹井です」

と、若原洋子の前に出ると、笹井はステッキを手から離した。

ステッキが冷たい床にカラカラと転る。そして笹井は、床にバタッと伏せるように両手を突いて、

「申し訳ありませんでした！」

と、頭を下げた。「私がそばにいながら、息子さんがあんなことになるのを止められませんでした。何とお詫《わ》びすればいいのか……」

「まあ。――やめて下さい。どうぞお立ちになって」

と、若原洋子は急いでかがみ込むと、「お体がお悪いのに、そんなことをなさっては……」

「いや、腰や膝《ひざ》が痛むのは、生きている証拠です。若原君はもう、痛みさえ感じない」

「笹井さん。立って下さい」

片山が笹井を支えて立たせると、晴美はステッキを拾って、その手に持たせた。

「私が憎いのは、犯人だけです」

と、洋子は言った。「刑事が命がけの仕事だということは分っていますもの」

「そうおっしゃられると……」

笹井は、片山に手を取られて、椅子に腰をおろした。

――晴美は、ホームズと一緒に奥の控室へと入って行った。

まだ時間が早いので、中はガランとして、奥の方に、一人座ってお茶を飲んでいる女の後ろ姿が見えた。

「――失礼します」

と、晴美は声をかけた。「中沢江里さんですね」

振り向いた女を見て、晴美は目をみはった。

さっき、あのファミレスで不倫相手とやり合っていた女だったのである。

「中沢ですが……」

と、戸惑ったように晴美を眺める。

「あの――片山晴美と申します。兄が警視庁の捜査一課におりまして」

晴美のその言葉に、やっと思い当ったようで、

「ああ。等さんのお母様から伺っています」

と立ち上った。「中沢江里です。わざわざどうも……」

「いえ」

晴美は足下の方へ目をやって、「これはホームズといいまして」

ホームズの姿に気付くと、中沢江里は初めて表情を和らげて、

「まあ、きれいな三毛猫！」

と、声を上げた。「私も、こんな猫を飼いたかったわ」

「ニャー」

と、ホームズが返事をするように鳴いたので、中沢江里は声をたてて笑った。

「お利口そうな猫ね」

「少々生意気ですが」

と、晴美は言った。「あの——この度はとんでもないことで……」

「彼のことですか」

江里は、フッと目を伏せて、「今は——何も考えられません」

「そうでしょうね」

晴美も他にどう言っていいのか分らなかった。

婚約者がいて、他に妻子のある男と付合っている。一体どういう気持だったのか。

そこへ石津がやって来た。

「晴美さん！」

「石津さん、何？」

「片山さんが、一応この黒い腕章をつけた方がいいと——。あれ？」

石津は中沢江里を見て、「さっきレストランで——」

「石津さん！」

晴美はあわてて遮って、「ちょうだい、それ」

と、喪章を受け取ると、

「ありがとう。戻ってて」

と、石津を控室から押し出した。

やや気まずい沈黙があって、少ししてから江里が口を開いた。

「あのレストランにいらしたの。気が付かなかったわ」

「あの……石津さんって、兄の後輩の刑事なんです。いい人なんですけど、ちょっと、その——素直すぎて、気のきかないところが……」

「ご存知なら、分って下さるわね」

と、江里が言った。「私が涙の一滴もこぼさないのを」

「江里さん……」

「若原さんとはお付合いしていました。でも、どうしてもときめくものがなくて。——私の方では、婚約を解消する決心をしていました」

「そうなんですか」

「そんなときに殺されてしまって……。今さら、彼と別れるところだったなんて言えないし」

「そうですね」

「お母様も、私たちが結婚するつもりだったと信じてらっしゃる。——当面、そうしておくしか……」

「でも——あの男性は？」

「レストランの？ あの人は元の職場の上司でした。若原さんと知り合う前からの仲で……。何となく、切れずに続いていたの。今日できっぱり手を切りましたけど」

「正解ですよ」

晴美の言葉に、江里は微笑んで、

「ありがとう。——ひどい女だと思わないの？」

「思いません。男と女の間は、そう単純にできていませんもの」

「嬉《うれ》しいわ。分って下さって」

「さあ、ところで——」

と、晴美は話を変えた。「告別式にはマスコミが大勢来ています。その相手は任せて下さい……」

2　父の影

「お父さんも、いい加減にすりゃいいのに……」

車の中で、亜季子《あきこ》は呟《つぶや》いた。

むろん、そう言ったところで聞く父ではない。二十一年付合って来て、亜季子にも良く分っている。

亜季子は、父、笹井俊文が告別式の式場から出て来ないかと、しばらく車の中から見ていたが、父が姿を見せる気配はなかった。

やはり、告別式に最後まで出席するつもりなのだろう。

「仕方ないなあ……」

亜季子は車を動かして、駐車場の中に入れた。

「俺のせいで死んだんだ」

と、父はくどいほど言っていた。「葬式に出ないわけにいくか」

父の気持は分らないでもない。若い刑事——若原といったか——が殺されたのは気の毒なことだ。

しかし、腰や膝《ひざ》の痛みで、満足に動くことのできなかった父に、その責任を負わせるのは酷というものだ、と亜季子は思った。

殺したのは金山広造なのだ。

亜季子は、車の中でずっと待っているのも気が重いので、車を降りた。

どこかでお茶でも飲んでいようか……。

「笹井さん」

と、呼ぶ声がした。「笹井さんのお嬢さんですね」

振り向いた亜季子の目に、なで肩の、優しい印象の青年が映った。

「片山さん……ですか」

「亜季子さんだよね」

「ええ」

「君が中学生くらいのころ、一度会ったことがあるよ」

と、片山は言った。「お父さんが、告別式に終りまで出るから、と伝えて欲しいということなので――」

「大方、そうだと思ってました」

亜季子は肯《うなず》いて「私、憶《おぼ》えてます、片山さんのこと」

「そう？」

「よく家に来ていた他の刑事さんたちと全然違うタイプの人だな、と思ったんで、憶えてるんです」

「頼りなさそうで？」

「まあ……いくらかは」

　と言って、亜季子は微笑んだ。

「今、大学生？」

「三年生です。父を送って来たんですけど、ここで待ってるのも……」

「一時間以上かかると思うよ。——笹井さんは責任感の強い人だからね」

「そのせいで、家族は苦労します」

　と、亜季子は少し冷淡に、「せっかく、もうすぐ停年だっていうのに、自分から辞表を出すとか言うんで、母と二人で必死に止めました」

「そうだね……」

「私、向いの喫茶店にいます。父が出て来れば見えるだろうし」

「中で座ってても構わないよ」

「この格好じゃ……」

　亜季子は青いパーカーとジーンズというスタイルだった。「あの——もし父が具合悪くなったりしたら、私のケータイに……」

「分った」

亜季子は片山のケータイへ発信しておいて、

「よろしく」

と、会釈して歩き出した。

車やタクシーで斎場へやって来る人が増えていた。マスコミの姿も目立つ。

——片山は、人の流れに逆らって出て行く笹井亜季子の後ろ姿を眺めて、

「長いなあ……」

と呟いた。

スラリと伸びたジーパンの脚の長さに見入っていたのである。


亜季子は、道を渡って、ちょうど斎場の入口を見ていられる場所にある喫茶店へ入った。

斎場に行く前後、ここで時間を潰《つぶ》したりする人も多いのだろう。黒いスーツの男女が目につく。

亜季子は二階に上って、表の見える窓側の席についた。

「——ミルクティー」

と、注文しておいて、「変らないなあ、片山さん……」

片山義太郎刑事の話は、よく父から聞いていた。その飼猫のホームズのことも。中学生の亜季子にとって、あのころの片山は「大人」だった。片山から見れば亜季子はただの「子供」だったろう。

だが、今の亜季子はもう二十一歳だ。子供ではない。

――亜季子は、笹井俊文と妻の貴子《たかこ》にとって一人っ子である。亜季子が生れたとき、父はすでに三十代も終り近く。

妻の貴子は夫より七つ年下なので、まだ五十二歳だが、生活の不規則な夫に合せて暮す内、同じように老けていった。

そんな母を見て育って来た亜季子は、

「絶対に刑事とは結婚しない！」

と、高校生になる前から宣言していた。

でも――片山さんみたいな人なら……。

もちろん、片山にとって、亜季子は今でも「子供」かもしれないが。

まだ大学は一年残っている。父は停年が来て、体があんな風では、仕事はできないだろう。

亜季子は、学費を自分で稼ぐことを考えなければいけない、と思っていた。

「失礼ですが……」

自分が声をかけられたと思わなかった亜季子は、もう一度その男が、

「失礼」

と言ってから、やっと、

「あ……。何でしょう？」

と顔を上げた。

やはり、誰かの告別式に来たのだろう、黒いスーツにネクタイをした中年の男性である。

「この席に座らせてもらってもいいですかね」

と、男は訊《き》いた。

「はあ……」

どうして、わざわざ同じテーブルに？　店内はいくらも席が空いているのに。

「いや、ちょっと知人と待ち合せていましてね」

と、男性は言った。「あの斎場の門の所で、ということにしてあるのですが、大分早く着いてしまって。寒い中で待っているのもいやなので、ここからなら、門の所がよく見下ろせるのでね」

「ああ、そうですか」

亜季子も納得した。

「もちろん、おいやなら別の席へ行きますが……」

「いいえ、どうぞ」

と、亜季子は手で向いの席を示した。「私も、あの門を見てるんです」

「それはどうも。――ありがとう」

男は、亜季子と向い合った椅子に腰をおろすと、やって来たウエイトレスに、「コーヒーを」

と頼んで、

「伝票は一緒で」

「え？」

「無理をお願いしたので、せめてこの紅茶代くらいは持たせて下さい」

「そんなこと……」

「いや、どうぞ気になさらず。大したことではありません」

「すみません。それじゃ……」

――四十代の半ばくらいか。メガネをかけて、ごくありふれた中年サラリーマンというイメージである。

じきにコーヒーが来て、男は一口ブラックのままで飲むと、

「こりゃ苦い」

と、顔をしかめた。

それを見て、亜季子はつい笑ってしまった。

「ごめんなさい。そんなに苦いんですか？」

と、男は苦笑した。「長居させないためかな」

「どうして？」

「客の八割方は、向いの斎場の帰りの人で、みんな香の匂いが服にしみついている。店の中が匂うでしょ？」

言われて、亜季子も気が付いた。

「そうですね」

「ウエイトレスの制服にも、この匂いがしみついて抜けなくなってしまうそうですよ」

「ああ……。誰かから、そんな話を？」

「いや、仕事で、月に一、二度はここの斎場での葬儀に出ているのでね。この店にもよく寄るんです」

「じゃ、やっぱり香の匂いを……」

「まあ、確かにね。タバコもやらないのに、周囲に煙たがられているわけでね」

と、男は笑った。

面白い人だ。――亜季子はごく自然に微笑んでいた。

たぶん、会社で営業のようなセクションにいる人なのだろう。人をそらさない話し方が身についている感じだ。

そのとき、亜季子のケータイが鳴り出して、ヒヤリとする。父がどうかしたのだろうか？

「失礼します」

と、断っておいてケータイを取り出す。

何だ。——ホッとした。

「もしもし」

「亜季子。どうしたんだよ」

「メール、読んだ？」

「うん。でも、『今日行けない』ってだけじゃ……。具合でも悪いのか？」

「ごめん。そうじゃないの。急いでたんで、わけを説明してる時間なくて」

「それならいいけど……。家か？」

「ううん、父がね、お葬式に出るので、車で送って来たのよ」

「葬式？」

S大学での、亜季子のボーイフレンド、茂原《しげはら》努《つとむ》である。

今日、本当は映画を見に行くことになっていた。

「ほら、あの若い刑事さん。殺された……」

「ああ、親父さんがどうしたとか――」

「父のせいじゃないんだけどね。本人が責任感じてて、どうしても行くって聞かないもんだから」

「それで、今、何してんだ？」

「待ってるの。父が出て来るのを」

「じゃ――今日はもう無理か」

「うーん……。何とも言えない。父がいつまでいるつもりか。具合も良くないから、もし倒れでもしたら……」

「分った。じゃ今日は俺一人で行くよ」

「ごめんね！　もし早く出られるようだったら、電話するよ」

たぶん、そんなわけにはいくまいが。

そして、ふと向いの席の男へと目をやる。

亜季子は通話を切って、ケータイをポケットに戻した。

――当然、今の亜季子の言葉は耳に入っているはずだ。「殺された」とか、「刑事」とかいう言葉は、人の興味をひかないわけがない。

しかし、その男は何も聞いていなかったというように、黙ってコーヒーを飲みながら、外へ目を向けていた……。

この人は「大人」なんだわ、と亜季子は思った。

耳にしてしまったことでも、相手に気づかって、「聞かなかった」ふりをすることを、心得ている。そんな人は、なかなかいないものだ。

亜季子は、自分の紅茶のカップが空になっていることに気付いて、ちょうどそばを通ったウエイトレスに、

「すみません。ミルクティー、もう一杯下さい」

と、頼んでいた。

そしてウエイトレスがテーブルの上の伝票を持って行くのを見たとき、向いの席の男性が支払いを持ってくれると言っていたことを思い出した。

いけない！――追加で注文するなんて。まるで「どうせおごってくれるんだから」と、分っていて頼んだみたいだ。

亜季子はちょっと探るようにその男を見たが、男は相変らず、亜季子が向い合せに座っていることさえ忘れたように、ぼんやりと目を伏せて、自分の手もとを見つめていた……。

弔辞の最中だった。

静かな式場のどこかで、ケータイが鳴った。

しかし、それは短く二度鳴っただけで切れたので、居並ぶ人々は、「一体誰なんだ？」と犯人を求めてキョロキョロしたりしなかった。

それでも、多少は、苦々しげなため息がそこここで洩《も》れたのは確かである。ケータイの音は、どこで鳴っているのか、よく分からないものだ。何人かは、「俺のじゃあるまいな」と、そっとポケットから取り出したりしていた。

片山は、隣の席の笹井を見た。

亡き後輩の死を悼む弔辞に、じっと目を閉じて聞き入っている様子の笹井。

片山は、さっき会った、笹井の娘、亜季子のことを思い出していた。もしかして、あの子からの……。

片山は、そっと笹井の腕を叩《たた》いた。笹井が目を開ける。

「笹井さんのじゃないですか？」

と、片山は小声で言った。

「うん？」

笹井は意味が分らない様子だった。

「今鳴ってたケータイ。そのポケットみたいでしたけど」

片山の言葉に、笹井は首を振って、

「俺は自分じゃ持ち歩かんよ」

「そうですか……」

笹井は再び目を閉じたが、少しして目を開け、

「——そうか。今は持たされてる。女房や娘が心配してな」

と、左手で杖《つえ》を持って、右手で上着のポケットを探った。

そして、やっと探し当てると取り出して、

「何か……メールが来てる」

「お嬢さんかもしれませんよ」

「ああ……。そうだな」

笹井は、しばらく手の中のケータイをじっと見下ろしていた。

「——どうしました？」

と、片山が訊《き》くと、笹井はパタッとケータイを閉じて、

「大した用じゃない」

と、小さく首を振った。「切っとこう、今はな」

「そうですね……」

笹井は電源を切ると、ケータイをポケットへ戻した。

——気付かれなかっただろうか？　今、手が震えていたことに。

笹井は、チラッと隣の片山の方を見た。

大丈夫だ。片山は気付くまい。

――何ということだ。

俺は一体何ということをしでかしてしまったのだろう。

メールの文面が、目の前に焼き付いて浮んでいた。

〈笹井さん

今日はあの若い刑事の葬式なんだね。

どんな気分だい？　自分が殺した人間の葬式に出るっていうのは。俺だってやったことがないよ。

忘れないでくれよ、あのときの約束を。やったのは俺だってことにする。その代り、あんたは俺が逃げる手助けをする。憶《おぼ》えてるだろうね？

とりあえず、金が欲しい。差し当り五十万。

明日までに用意してくれ。受け取り方は、改めてメールで指示する。

いいかい。忘れるなよ。俺を殺しても、あんたのしたことは、ちゃんと手紙にして、証拠と一緒にしまってある。

お互いのプラスになるように、うまくやって行こうじゃないか。なあ、刑事さん。それとも、殺人者さん、かな。

では、また。

金山広造〉

——弔辞はいつの間にか終っていた。

亜季子はちょっと笑った。

「——どうかした？」

向いの席の男が顔を上げる。

「ごめんなさい。いえ、さっきからむつかしい顔してらっしゃるんで、どうしたのかな、と思って見てたんですけど……」

「ああ、慣れてなくてね」

と、男も笑って、手にしたケータイをポケットへ入れた。「ちょっとしたメール一つ打つのに、やけに手間がかかるんだよ」

3　弾丸

「笹井さん」

片山は、告別式の式場を出る笹井を支えるようにしながら、「出棺を外で待つのは寒いですよ。もう帰られたら？　亜季子さんを呼んで来ましょう」

「いや……」

杖を突きながら、笹井は首を振って、「ちゃんと見送ってやらんと。——本当なら、火葬場にもついて行きたいが……」

「無理しちゃいけませんよ。大丈夫ですか？」

階段を下りるのが苦痛のようで、笹井はそれでも何とか下り切ると、

「——俺がいても邪魔になるな。帰ることにするよ」

と言った。

「そうして下さい」

「ケータイで……。娘に連絡する」

「番号を聞いてあります」

片山は自分のケータイで、亜季子にかけた。

すぐに亜季子が出た。

片山の話を聞いて、

「分りました。すぐ行きます」

と答える。

――亜季子はケータイをポケットへ入れると、

「父が出て来たので、もう行きます」

と言った。「ごちそうになってしまっていいんですか？」

「紅茶ぐらいのことで『ごちそう』はやめてくれ」

と、男は笑って、「さあ、行って。お父さんがお待ちだ」

「すみません」

亜季子は立ち上った。

「もしも……」

「え？」

「いや、こんな年寄りの話し相手をしてくれる気があるんだったら、今度一度、ちゃんと本当の『ごちそう』をしたいと思ってね」

亜季子はちょっとためらったが、

「お食事くらいなら、喜んで」

と肯《うなず》いた。

「良かった。連絡してもいいかね」

「ええ」

亜季子は、手帳のページを一枚破って、「これ、私のケータイのアドレスです。メール下さい」

「ありがとう。近い内に」

「はい。それじゃ」

亜季子は一礼して、足早に席を離れた。

――私、どうしちゃったんだろう？

喫茶店を出ながら、亜季子は自分自身にびっくりしていた。

あんな、会ったばかりの人に、メールアドレスを教え、食事の誘いにＯＫするなんて……。こんなこと、初めてだ！

しかも相手はどう見ても四十代半ばくらいか。――これまで、そんな年上の男と付合ったことはない。

茂原努が聞いたら怒るだろう。

「あ……」

と、亜季子は気付いていて、思わず口に出していた。「名前も聞かなかった」

本当。私、どうかしてる。

亜季子は、片山が父と一緒にいるのを見付けた。

「片山さん、すみません」

「お父さんを頼むよ」

「はい。——ここで待ってて。車をここへ持って来るわ」

「ああ……。すまんな」

笹井は杖《つえ》に体を預けて、「片山、もう行ってくれ。俺は大丈夫だ」

片山のケータイが鳴り出し、

「それじゃ、これで」

と、片山は笹井から離れた。「——もしもし。——ああ、ご苦労さん。——分った！　これからすぐ行く」

片山は石津を見付けて手招きした。

石津と一緒に、ホームズを抱いた晴美もやって来た。

「銃弾が見付かったと連絡があった」

と、片山は言った。「現場へ行ってくる」

「片山さん」

と、やって来たのは、中沢江里だった。「妹さんにお世話になって」

「いや、別に……」

「今、お話が耳に入ったんですが」

と、中沢江里は言った。「若原さんが死んだ現場のことですね」

「ええ、まあ……」

「私も連れて行って下さい」

「しかしそれは――」

「彼が亡くなった現場を見ておきたいんです」

「その気持は分りますが……」

「お願いです。お邪魔にならないようにしますから」

江里の口調は真剣だった。

片山は晴美の方へ目をやった。晴美が小さく肯く。

「――分りました。じゃ、石津、車を回してくれ」

「はい、すぐに」

石津が車の方へ駆けて行く。

その間に、笹井は亜季子の運転する車に乗って、斎場から出て行った。

「——弾丸が見付かった、とおっしゃいましたね」

と、江里は片山に言った。

「ええ。若原君に当った弾丸は、体を貫通しているんです。しかし、弾丸が見付かっていなくて……。あの付近をずっと捜索していたんですよ」

「そうですか」

江里は静かに言って肯いた。

車が来ると、片山は助手席に乗り、晴美とホームズ、それに中沢江里は後部座席に落ちついた。

車が出るとき、ちょうど若原の棺《ひつぎ》が運び出されて来るのが見えた。

江里は祈るように目を閉じて、そっと手を合せた……。

「——寂しい所ですね」

と、江里は足を止めて言った。

「人が住んでないんですよ、この辺りは」

と、片山が言った。

「片山さん！」

若い刑事が手を振った。「こっちです」

「どこだ？」

片山は大股《おおまた》に歩いて行ったが、「――こっちにあった？　おかしいじゃないか」

「ええ、そうなんですが……。でも、その塀の板の継ぎ目に隠れるように食い込んでいて、見付からなかったんです」

ビニール袋の中に頭部の潰《つぶ》れた弾丸が入っている。

「どこにあったんだ？」

片山は、その刑事の指さしたところへ目をやって、

「――これか。しかし、向きがおかしい」

「ええ、それは……」

「まあいい。ともかく、その弾丸を鑑識に回してくれ」

「分りました」

と、行きかけると、

「待って下さい」

と、中沢江里がやって来た。「それが、その弾丸ですか」

「いや、それは……」

「若原さんを殺した弾丸なんですね」

「それが、どうも妙なんですよ」

と、片山は言った。「笹井さんの話では、こっちに笹井さんがいて、金山はその扉から出て来た。笹井さんは腰を痛めていて動けず、金山は笹井さんを撃とうとした。そこへ若原君が駆けつけて来て……」

片山は、取り出した弾丸を持っていこうとする刑事へ、

「おい！」

と呼びかけた。「それは若原の銃の弾丸かもしれない。調べてもらってくれ」

――片山は腕組みをして、あの晩のことを思い出していた……。

「いらっしゃいませ」

自動扉がガラガラと開く音で、田《た》村《むら》涼子《りょうこ》は反射的にそう言っていた。

杖を突きながら、ゆっくりと入って来たのは、笹井俊文だった。

「まあ、笹井さん」

田村涼子は急いでカウンターの中から出ると、笹井の方へ駆け寄った。「大丈夫ですか？」

「ああ……。ありがとう」

笹井は、奥の方の席についた。

「具合はいかがですか？　この間、スーパーで奥様とお会いしたんですけど……」

「貴子と？　そうかね。何も言っていなかったが」

笹井は息をついて、「今日は一人か」

「池上《いけがみ》さんは今日、商店街の旅行で」

と、涼子は言った。「コーヒーですか？」

「うん。ブレンドをもらおう」

エプロンをつけた涼子はカウンターの中に戻ると、コーヒーを淹《い》れた。

この喫茶店〈B〉は、長いこと笹井が通っている。

オーナーの池上は、親の財産を受け継いで、のんびり暮している独り者だ。この〈B〉も道楽でやっているようなもので、儲《もう》けなくてもいいので呑気《のんき》だ。

働いている田村涼子は、ここへ来て三年ほど。笹井の方がずっと古い。

「――どうぞ」

涼子はコーヒーを笹井の前に置いた。

「ありがとう」

涼子はカウンターの方へ戻ろうとして、少しためらってから、

「大変でしたね」

と言った。「色々、伺ってます」

「自分のせいだ。仕方ないよ」

「でも、お体の方が……。ご自分を責めてはいけませんよ」

「ありがとう。——君は優しいね」

「そんな……」

と、涼子は少し頰を赤らめた。

「かけないか」

他に客はいない。

涼子は、エプロンを外して、笹井と向い合った席に座った。

「——咲子《さきこ》ちゃんは元気かね」

「ええ。今はクラブで、毎日遅いですわ」

「そうか。それも寂しいね」

「でも、親が心配しなくても、ちゃんと自分で起きて出て行きますし。——あの子も成長してるんだ、って」

——田村涼子は今三十八歳。娘の咲子は十三歳の中学一年である。

涼子の夫は、三年前、この近くで殺された。

笹井が犯人を逮捕したのだ。

犯人は、田村の知人でも何でもなかった。

ただ、恋人に振られてムシャクシャしていて歩いているとき、偶然行き会った田村を殺してしまったのだ。

未亡人となった涼子は、保険金と、この喫茶店での収入で、娘と二人、暮している。

この店を涼子に紹介したのも笹井だった。

「私が、もっと何か特技でも持っていれば……」

と、涼子はいつも言っている。

「大丈夫かね」

と、笹井は言った。「娘さんにも色々お金がかかるだろう」

「何とかやっています」

と、涼子は微笑んだ。

「ここじゃ、大した収入にならんしな」

「でも——使っていただけるだけで、ありがたいですわ。私なんか、何の取り柄もないのに」

「そんなことは……」

「もう少し美人なら、ホステスさんでもできるんでしょうけど」

と、涼子は笑った。

「君はきれいだよ」

「そんなこと、おっしゃって下さるのは笹井さんだけ」

涼子は、実際美人でないわけでもなかった。ただ、どこか寂しげな印象があって、目立たない。

それは夫が死ぬ前からのことらしいが。

「君のおかげで、こっちも助かっているよ」

笹井がテーブルに置かれた涼子の手に、自分の手を重ねた。

「笹井さん……」

涼子の手は逃げなかった。

しかし、笹井の手は涼子の手に、載っているだけだった。

握ろうとするわけではなく、力を込めるでもなかった。

「今日、あいつの葬式だったんだ」

と、笹井は言った。

涼子には誰のことか、すぐに分った。

「お辛《つら》かったでしょうね」

「ああ……。あいつの母親が……。涙一つ見せない。俺を責めようともしない。却《かえ》って辛いよ」

「お気持は分りますけど……」

「俺は辞めるべきだ」

と、笹井は言った。「当然、辞めるべきなんだ」

「笹井さん――」

「しかし、女房も娘も反対する。俺が停年前に辞めたら、確かにもらう金が違うからな」

「奥様たちとしたら、当然のことです。決して笹井さんのお気持が分らないわけじゃないんですよ」

「そうかな……」

「ええ。誰よりも、奥様とお嬢様が、よく分っておいでですわ」

「どうして分る？　夫婦だから？　親子だからか。あてにはならん。――そうだとも。君の方が、俺の気持を分っていてくれるかもしれん」

「そんなことをおっしゃってはいけませんわ」

「うん。――君が困るだけだな」

と、笹井は小さく肯《うなず》くと、「――頼みがある」

「私にできることでしたら……」

「金を貸してくれないか」

涼子にとっては、思いもかけない話だった。

「お金ですか」

「明日までに五十万いるんだ。君にこんな頼みは……」

「いえ、それくらいでしたら。主人の保険金がありますから。もちろんご用立てしますわ」

「すまない。できるだけ早く返す」

「はい。――明朝、銀行が開いたら、すぐに行って来ます」

「ありがとう」

笹井は礼を言ってから、「これは――ちょっと女房に知られたくない出費なんだ。時間があれば自分で用意するんだが、急なことで」

涼子は微笑んで、

「もしかして、女の方に？」

と言った。「隅に置けませんね、笹井さんも」

「おい、そんなんじゃない。そんなわけないだろう、この体で」

と、笹井が苦笑する。

「ご心配なく。奥様には内緒ですね」

「頼むよ」

「朝、おろしてすぐお渡しした方が？」

「そうだな……。君がこの店に出て来るのは何時だった？」

「十一時です」

「じゃ、その前に、どこかで受け取りたい。いいかな」

「もちろん」

涼子は快く肯いた。「お出かけになれますか？」

「今だって来ているよ」

「そうですね」

涼子は笑った。

だが——笹井が妻に隠さなければならない出費とは何だろう？

涼子はあえて訊《き》かなかった。笹井は否定したが、それはやはり「女性のため」のお金ではないのか……。

涼子の胸に、小さな嫉妬《しっと》の火が燃えた。

笹井の妻、貴子のことは、涼子も知っている。妻が相手なら諦《あきら》めもするが、他の女となれば……。

「それじゃ、何時に、どこで？」

涼子はあえて事務的な言い方をした。

4　釈放

カン、カンと乾いた音がして、片山が顔を上げると、ステッキを突いて笹井がやって来たところだった。

「笹井さん、大丈夫ですか？」

と、片山は言った。「無理をしないで下さい。わざわざ出向いて来なくても——」

「一応、俺もまだ現役だ」

と、笹井は首を振って、「捜査一課へ出て来るのが当然だろ」

「それはそうですが……。具合はどうです？」

「じっとしてても良くなるわけじゃない。家で苛々《いらいら》してたら、却って体に悪い」

笹井は空いた椅子にかけて、「どうだ。金山の立ち回り先はつかめたか」

「どうも、空振りですね、どこも」

と、片山は言った。「そう遠くへは行ってないと思うんですが。金山は東京生れの東京育ちで、他の土地で長く暮したことはありませんね。頼って行くような相手はいないようですし……」

「東京は広いからな」

と、笹井は肯いた。

――夜の捜査一課。

片山と笹井の周りには誰もいなかった。

「それで」

と、笹井が言った。「何か俺に訊きたいことがあると言ってたな。どういうことだ？」

「念のために、と思ったんで」

と、片山は言って、弾丸の入ったビニール袋を手に取った。「あの現場で、この弾丸を見付けたんですが」

「弾丸？　金山の奴のか」

「いえ、調べたら、死んだ若原の銃の弾丸だったんです」

「そうか」

「確かに、若原も一発撃っていますから、弾丸が見付かってもふしぎじゃないんですが……」

「何か気になることがあるんだな」

「ああ、ちょっと……。あのとき、段ボールに腰かけていたんですね、笹井さんは」

「そうだ」

「そして、一見塀にしか見えなかった所が、扉のように開いて、金山が出て来た。笹井さんは立ち上って銃を抜こうとして、地面に倒れた」

「ああ」

「金山が拳銃《けんじゅう》で笹井さんを狙った。――そのとき、若原が駆けて来て、笹井さんと金山の間へ飛び込んだ。そうですね？」

「うん、間違いない」

「金山が撃って、若原の体を貫通した弾丸は見付かっていないんですが、若原が金山の方に向って撃ったとすれば、弾丸は笹井さんのいる位置とは逆の方向へ飛ぶはずですよね。ところがこの弾丸は、笹井さんのいた場所の後ろで見付かってるんです」

「俺の後ろ？」

「ええ。でも弾丸には血がついていないので、若原を殺した弾丸じゃない、とすぐに思いました。――あのとき、若原はどんな風に発砲したんですか？」

笹井は眉《まゆ》を寄せて、

「待ってくれ……。何しろ、暗かったし、一瞬の間のできごとでな。それに、若原がやられて、俺も気が動転していた」

「分ります。当然ですよ」

「うん……。そうだ、確か、若原は俺と金山の間へ入ると、拳銃を金山へ向けた。つまり俺の方へ背を向けていた」

「それで？」

「しかし、金山の方が、引金を引くのが早かったんだ。撃たれた若原が俺の方へ向いた。そして――そう、その拍子に引金を引いたんだ」

「それでこの弾丸が笹井さんの後ろの塀に当ったんですね。それなら分ります」

と、片山は言った。「しかし、金山の撃った弾丸が見付からないのはどうしてでしょうね。必死で捜してるんですが……」

「弾丸は、人の体を通り抜けるとき、骨に当ったりして、とんでもない方向へ出ることがある」

「そうですね、この場合もきっと……」

と、片山は言った。

「ともかく早く金山を見付けることだな」

「全くですね」

片山がため息をつく。

そのとき、咳払《せきばら》いの音がして、

「あ……どうも」

と、おどおどと言った若い男。

「哲《てつ》じゃないか」

笹井の目が厳しくなった。「お前、出られたのか」

「おかげさんで」

すり切れて色のあせたジャンパーが貧乏くさい。若い顔だが、老けて見える。

「金山の逃亡に手を貸したというのは確かですが、一応捜査に協力してくれたし、と課長が……」

と、片山が言った。

「お前の描いた地図がでたらめだったんで、金山を逃がしたんだぞ」

笹井は苦々しげに言った。

――神戸《かんべ》哲は、まだ二十八歳。金山の弟分として、一時は行動を共にしていた。

「すんません」

と、神戸哲はしょげている。「俺、凄《すご》い方向音痴なんです。もの憶《おぼ》えも悪くて」

「取り柄がないな」

と、笹井が冷ややかに言った。

「自分でもそう思います」

と、素直に頭をかいて、「出していただいたお礼を、と思いまして」

「もしかすると、金山が連絡を取って来るかもしれませんしね」

と、片山は言った。「哲、そのときはちゃんと知らせてくれよ」

「分ってます」

笹井は肩をすくめて、

「今度でたらめを言いやがったら、殺しの共犯にしてやるぞ」

と言い捨てて、「片山、それじゃ俺は帰るぞ」

「お大事に。何か分ったら、連絡します」

「ああ、頼む」

と、笹井は行きかけて、「ああ。――娘の亜季子が、お前によろしく、とさ」

「どうも。――すっかり大人になりましたね」

「生意気で困るよ」

と、苦笑して、笹井はまたステッキを突きながら帰って行った。

哲はホッと息をついて、

「すっかり嫌われちゃったなあ、笹井さんにゃ」

「若原が死んだことに責任を感じてるからさ」

と、片山が穏やかに言った。「方向音痴の気持はよく分るよ」

「はあ……」

哲は目を伏せて、「あの若原さんって……。何だかいい人でしたね。俺なんかにも、親切に声かけてくれて……」

「運が悪かったんだ」

と、片山は言った。「もし金山から何か言って来たら、知らせてくれよ。気は咎《とが》めるかもしれないけど」

弟分だった哲の身になれば、兄貴分の金山のことを警察へ密告するのは「裏切り」に他ならないわけで、辛《つら》いだろうと片山は察したのである。

「いえ、俺も殺人の片棒を担ぐのはいやですよ」

と、哲は言った。「じゃ、これで……」

「ケータイ、持ってるな」

「ええ。充電しなきゃいけませんが……」

「何かあれば、夜中でも何でもいい、僕のケータイへかけろよ」

「はい」

「どこに泊るんだ？」

「まあ、どこか——友だちの所へ」

神戸哲は両親を早く亡くして、身寄りがない。

「どこか安いホテルにでも泊れよ」

と、片山は札入れを出して、一万円札を取り出して哲の手に握らせた。

「でも、片山さん……」

「仕事を捜したかったら、明日にでも連絡しろ。いいな」

「すみません……」

哲は一万円札を小さくたたんでポケットへ入れると、「妹さんに叱られませんか？」

「変なところで気をつかうな」

「はあ……。じゃ、今夜はこれで」

神戸哲は、何度もペコペコと頭を下げながら、捜査一課を出て行った……。


ケータイが鳴った。

「ちょっと失礼」

と、席を立って、金山はレストランの出口の所へ行った。

「もしもし、笹井さんか」

「ああ」

「何か用かね。今、ちょっと知り合いと食事中でね」

「こっちだって、電話したいわけじゃない」

と、笹井は言った。「哲のことだ。出たら知らせろと言ってたろう」

「そうだ。出たのか」

「ついさっきな」

と、笹井は面倒くさそうに言った。「いいな。知らせたぞ」

「待ってくれ」

と、金山が言った。

「まだ何かあるのか」

「もう一つ、頼まれてくれ」

「何だ」

「あんたが、哲を呼び出してくれないか」

少し間があって、

「いいか、金山」

と、笹井は言った。「哲はまだ若い。奴に腹を立てるのは分るが、放っといてやれ」

「おいおい――」

「あんな奴を殺してどうなる」

「勘違いしないでくれよ」

と、金山は苦笑して、「俺が呼び出したら、哲の奴、怯《おび》えて、出て来ねえだろうから、あんたに呼び出してほしいのさ」

「呼び出して、どうするんだ」

「頼りない奴だからな。俺が怒っちゃいないってことを、言ってやりたい」

「それなら、電話で言えばすむことだろう」

「あいつの先のこともある。——信じてくれよ。兄貴分として、きちんと縁を切ってやりたい」

　しばらく、笹井は無言だった。

　金山は、ちょっと周囲を見回して、

「なあ、俺の頼みを断れる立場じゃないはずだぜ。約束通り、せっかくうまくやってるんだ。頼むよ」

「——どうすればいい？」

「話が分るな」

　と、金山はニヤリと笑って、「明日の夜、十二時に……。そうだな、K公園の池の前に来させてくれ」

「K公園だな」

「池の前だ。よろしくな」

　と、金山は念を押した。

「——分った」

笹井は、ほとんど聞こえないような小さな声で言って、通話を切った。

金山がにやりと笑ってケータイをポケットへ入れる。

そして、レストランの中へと戻った。

「――中座して失礼」

と、席に着く。

「お仕事？」

と、笹井亜季子が言った。「忙しいのね」

「面倒なもんだよ。ケータイなんてものがあると」

「いつ、どこでもかかって来るものね」

「こんなものがないときは、会社を一歩出たら、翌日まで仕事のことは忘れていられたのに……。ああ、そうだ、切っとこう」

と、ケータイを取り出して電源を切る。

亜季子がちょっと笑った。

「何かおかしいかい？」

「いいえ。私もね、ちょうどそう思って、ケータイ、切ったところだったの」

「いいの？　彼氏からかかって来るかもしれないよ」

「大丈夫。そんな特別な相手、いないもの」

と、亜季子は言って、「このステーキ、本当においしいわ」

と、ナイフとフォークを手に取った。「加瀬《かせ》さん、早く食べないとお肉が冷めるわよ」

「ああ」

加瀬和也《かずや》。——亜季子は、一緒に食事している「おじさん」を、そういう名だと信じて疑わなかった。

ワインに心地良く酔っているせいもあったろう。

実は、加瀬が席を立っている間に、亜季子のケータイにも、茂原努からメールが入っていた。

いつもなら、すぐ返信する亜季子だが、今は放っておくことにして、電源を切ってしまったのである。

「——もう入らない」

と、加瀬は息をついて、「ステーキ、半分食べるかい？」

「残すの？　もったいない！　食べる！」

亜季子は加瀬の皿から、ステーキの残りを取った。

「——私たち、はたから見たら、親子かしら」

と、亜季子は食べながら言った。

「そうだろうな」

「でも、うちのお父さん、ずっと老けてるわ。加瀬さん、若いから」

「若かないよ、ちっとも」

と、苦笑して、「どう見ても恋人同士にゃ見てくれないさ」

「そうかなあ。——でも、私、少しぐらい年上の人が好き」

何を言ってるの、私？

自分自身、自分の言葉にびっくりしていた。

年上の人が好き、なんて……。大体、そんなにきちんと付合った男性なんて、そうない。

茂原努が、ほとんど初めてと言っていいくらいなのだ。それなのに……。

ワインのせいだわ。きっとそうよ。

酔ってるんだわ、私。

亜季子は、もし加瀬が自分の言葉を真に受けて、この後どこかへ誘って来たりしたらどうしよう、と不安になった。

「いやいや」

と、加瀬は首を振って、「やっぱり、同じ世代の子と付合うべきだよ。そりゃ年上の男は、多少金も持ってるだろうし、君の知らないことや、行ったことのない場所も知ってるだろう。でも、そんなのは大したことじゃない。結局、飽きてしまうよ」

「そうかなあ」

と言いつつ、亜季子はホッとしていた。

そう。この人は本当に紳士だわ。

亜季子は、加瀬の落ちついた物腰、そして自分の知識をひけらかすようなこともなく、亜季子の話に喜んで耳を傾けてくれる「大人」の雰囲気に、すっかり打ちとけていた。茂原と会っているのも楽しいが、それは茂原のしたいことに亜季子が合わせている限りで、自分の思い通りにならないとすぐむくれてしまう。

加瀬を相手にしていると、そんな心配もなかった。

「――もう遅くなるね」

と、加瀬は腕時計を見た。「お宅で心配するといけない。送って行くよ」

正直、まだ三十分くらいは大丈夫だと思っていたのだが、亜季子は加瀬の気づかいに感謝して、従うことにした。

タクシーを呼んでもらい、亜季子の家へ向う。

「私、電車でも……」

と、亜季子は言ったが、

「そうはいかないよ。年上の人間としてはね」

と、加瀬は微笑んだ。

道は空いていて、割合早く、家の近くまで来た。

「この辺で」

と、亜季子は言った。「道が狭くなるの。歩いてもすぐだから」

「じゃ、近くまで一緒に」

と、加瀬はタクシーを降りると、「待っててくれ」

と、運転手へ声をかける。

「家の前まで送るよ」

「大丈夫よ、私」

「送らせてくれ」

加瀬は亜季子の肩に手を回し、夜道を歩き出した。


「ただいま」

亜季子は玄関を上って、そのまま二階へ上ろうとした。

「亜季子」

母の貴子が顔を出して、「電話があったわよ。茂原さんから」

「そう。分った」

と、階段を上りかける。

「ケータイへかけたけど、つながらないって。——あなた、茂原さんと出かけたんじゃなかったの」

「他の人よ。いいじゃない。何も婚約者ってわけじゃないんだし。色んな男性と付合った方がいいって、お母さんも言ってたじゃないの」

「それはそうよ。別に悪いなんて言ってないけど……。どうしたの？　走って来たの、息を切らして？」

「そうじゃないわ、別に。もう行くわ」

亜季子はタタッと駆けるように階段を上って行った。

貴子は、ちょっと心配そうに娘を見送っていたが、

「おい」

と、夫の声に呼ばれて、ダイニングキッチンへ戻った。

「あなた、もう少し食べる？」

遅い夕食だった。笹井は茶碗《ちゃわん》を置いて、

「もう充分だ。お茶をくれ」

「はい」

貴子は、お茶の葉を換えて、いれ直した。

「——亜季子は今帰ったのか」

「ええ」

「誰と付合ってるんだ。知ってるのか」

「もう子供じゃないのよ。いちいち口を出したら、却《かえ》って隠すようになるわ」

はい、とお茶を出す。

「しかし、用心しとけよ。女は男次第だ」

と、笹井は言って、熱いお茶を一口飲んだ。

「あなた、明日もお出かけ？」

「ああ。午前中、人に会う用事がある。十時ごろには出る」

「寒いから気を付けてね。また腰へ来るわよ」

「大丈夫だ」

笹井は夕刊を広げた。


亜季子は自分の部屋へ入ると、着替えもせずに、ベッドにそのまま寝転った。

心臓が高鳴っている。――母に何か気付かれたかとドキリとした。

「何よ……。どうってことないじゃない。そうよ……」

たかがキス一つぐらい……。

ただ、あまりに突然だった。不意打ちに混乱したのだ。

家の前まで送ってくれて、加瀬は、

「じゃ、おやすみ」

と、穏やかに言った。

「ごちそうさまでした」

亜季子は礼を言って、「それじゃ」

と、玄関の方へ向いた。

本当は、加瀬が「また会おう」とでも言ってくれないかと期待していた。

でも、私なんか子供だもの。加瀬さんにはちっとも面白くないだろう……。

「亜季子君」

と呼ばれて振り向いた亜季子は、次の瞬間、加瀬に激しく抱きしめられ、唇を奪われていた。

茂原ともキスはするが、加瀬のキスは自信に溢《あふ》れ、女を圧倒するキスだった。亜季子はカッと体の奥底から熱くなるのを覚えて、めまいがした。

加瀬は腕の力を緩めると、

「すまない」

と、深く息をついて、「我慢できなかったんだ。これでもう会えないかもしれないと思うと……」

「そんなこと言わないで。会って！　会いたいわ」

「君は……こんな中年男でいいのか」

「加瀬さん！　好きよ」

亜季子は自分から唇を寄せて行った。

「──また会おう」

「いつ？」

「今度の──週末は？」

「ええ、いいわ」

「連絡する」

「待ってるわ。でも……」

「何だい」

「ケータイにかけてもいい？　奥さんに怪しまれる？」

加瀬は亜季子の頬に手を当てて、

「僕からかけた方がいいと思う」

と言った。

「分ったわ」

「じゃあ」

亜季子は、もう一度素早くキスしてタクシーの方へと駆け戻って行く加瀬の後ろ姿を見ていた……。

「今度の週末……」

ベッドに仰向けに寝て、亜季子は呟《つぶや》いた。

今度会ったら――。もう分っている。キスではすまない。

亜季子はもう心を決めていた。

ケータイの電源を入れると、茂原からメールがまた入っていた。

「ごめんね」

と言うと、亜季子はメールを読まずに消去してしまった。

茂原に対して「すまない」という気持はほとんどない。だって、恋というのは、そんなものだ。

亜季子の胸は、加瀬のことで一杯にふくれ上っていた……。

5　秘密

銀行はかなり混み合っていた。

中沢江里は、入口の自動扉を入ると、ちょっと顔をしかめた。

これではかなり待たされそうだ。

江里と同様、職場の制服で来ているＯＬがかなり目につく。

また新しい客が入って来て、江里は急いで番号札を取った。一人、二人の違いでも、十分、十五分と待たされることがある。

江里は自分の番号と、表示されている番号を見比べて、

「ええ……」

と、思わず声を出していた。

十五人も待っていなくてはならない。どれくらいかかるだろう？

しかし、仕方ない。仕事で振り込みに来ているのだ。混んでいるからといって、

「明日にしよう」

というわけにはいかない。

座ろうとして、ベンチの席を探した。立って待っている客もかなりいる。

ちょうど、すぐそばのベンチの端に座っていた男性が呼ばれて立ったので、江里はそこにすかさず腰をおろした。

立って待つよりはましだ。

しかし、一旦《いったん》座ってしまうと、暇つぶしに週刊誌を読むわけにもいかない。マガジンラックの所へ取りに行ったら、その間に誰かに座られてしまう。

といって、荷物を置いて行って盗《と》られたらもっと大変だ。

仕方ない。――江里は銀行の中をのんびり見回した。

こんなときに、今の人はたいていケータイを手にメールを送ったりして時間を潰《つぶ》す。

しかし、江里はケータイを持ってはいるがあまり使わない。メールアドレスも、特に親しい数人にしか教えていないので、滅多にメールは入って来ない。

それでも、あまりに退屈で、江里はポケットからケータイを取り出した。

「あれ？」

メールが入って来ている。誰だろう？

――まさか！

一瞬、青くなった。若原のケータイからのメールだったのだ。

死人がメールを？

本文を見て、ホッと息をついた。

〈江里さん。若原洋子です。息子のケータイが戻って来たので、メールを差し上げています。昨日は最後までお付合いいただいてありがとう。あの子も喜んでいたでしょう。

あなたはもうじき私の娘になるはずだったのですから、どうぞ何でも相談したいことがあったら、来て下さいね。いえ、特に用事がなくても、時々来て、お線香を上げてくれると嬉《うれ》しいわ。

二人で等の話をしましょう。

若原洋子〉

若原等の母親からだった。

江里は少し迷ったが、このまま放っておくわけにもいかない。

何か、当りさわりのない返信を出しておこう。

隣に座っていた、たぶん七十は優に過ぎているだろうと思えるおばあさんが、番号を呼ばれたらしく、のっそりと立ち上った。

カウンターに行き着くまでに、番号を何度も呼ばれているが、当人は全く急ぐ気配もない。その落ちつきぶりは、見ていて笑ってしまうほどだった。

あのおばあさん、荷物、置いたままで……。

スーパーの袋がベンチに置いたままだ。

誰かに持って行かれたらどうするんだろう、と江里は思ったが、他人が注意することでもあるまい。

江里は、若原洋子へ、返信のメールを打った。

〈若原洋子様

メールをありがとうございました。等さんとお付合している間、本当に暖かく接して下さって、とても感謝しております。

私も、ショックから立ち直るのに、しばらく時間がかかりそうです。お母様も、どうかお体を大切になさって下さい。

仕事中で、これで失礼いたします。　江里〉

メールを送り、ケータイをポケットへ入れる。

あのおばあさんが、またのんびりした足どりで戻って来た。ティシューかラップでももらったのだろう、紙袋を抱えている。

そして、その袋をスーパーの大きな手さげの袋の中へ押し込んで、また腰をおろした。まだ用事があるらしく、半分眠っているような顔で座っている。——白髪をろくにまとめてもいない。服装も構わないのは、あまり外出しないのだろう。

——江里の方の番号は、やっとあと七人になった。

少しすると、また隣のおばあさんが立ち上った。名前を呼ばれたようで、別の窓口へ、のんびりと歩いて行く。

午後三時の閉店が近くなって、また入って来る客がふえた。たぶん江里の番が回って来るころには、表のシャッターは閉っているだろう。

「——そこ、座っていいですかね」

と、いやに若い——まだせいぜい二十四、五かと見える男が、江里の前に立って言った。置いてある荷物が江里のものだと思ったらしい。

「私のじゃないんです、これ」

と、江里は答えた。「お年寄が置いてってるんです。今、カウンターの方に行ってて」

「何だよ。ふざけやがって！」

と、その若い男はいきなり悪態をつくと、行ってしまった。

江里は呆《あき》れて、

「どっちがふざけてるのよ、全く」

と、呟いた。

スーパーの手さげ袋が傾いて倒れそうになっているのを見て、江里はきちんと真直ぐに直し、後から詰め込んだ紙袋の置き方を変えた。

そのとき——紙袋の口が開いた。

中は、ティシューやラップではなかった。

百万円の札束が——少なくとも四つは入っているのが目に入った。

江里は息を呑《の》んで、思わず手さげ袋をしっかりと抱き寄せた。

たぶん——紙袋の中身が全部百万円の束なら、五、六百万は入っているだろう。

置いて行くなんて！　何を考えてるの、全く！

銀行の方だって、お年寄に現金をこんなに渡して、誰も気を付けていないなんて……。

江里は周囲を見回した。

誰も、江里の方を見てはいない。

あのおばあさんは、カウンターの一番奥の椅子にかけて、背広姿の銀行員と何やら話し込んでいる。

そう。——誰も見ていない。

このまま、江里が静かに立ち上って、この手さげ袋を持って出て行ったら……。きっと誰も気付かないだろう。

番号を呼ばれたときにいなくても、待ち切れなくて帰ってしまう客は珍しくない。

五百万か、六百万か。

今なら……。そう、今なら簡単だ。

「いらっしゃいませ」

せわしなく、人は出入りする。ありふれたスーパーの手さげ袋なんか、誰も目にとめはしないだろう。

これだけのお金があれば……。そう、五百万も手に入ったら……。

分らなければ――。誰も知らなければ、なかったのと同じだ。

そうだ。この手さげ袋はここに落ちていたんだ。それを私は拾っただけ。

そんなこと、誰だってするわ。――ねえ、誰だって……。

簡単よ。立って、この袋をさげて、出て行けばいい。

それだけで、私は楽になる……。

「やあ」

楽になるんだ。楽に。

「昨日はどうも」

目の前に、誰かが立っていた。

「――え？」

顔を上げると、ヌッと背の高い男が、照れくさそうな笑顔で立っている。

「ちょっと分りませんでしたよ、制服なので」

「ああ。――片山さんですね」

「お仕事ですか」

「いや、ちょっと振り込まなきゃいけないのがあってね。なかなか銀行に来られないもんですから」

「ええ、会社の用で。片山さんは?」

今もし、この手さげ袋を持って出て行っていたら……。

江里は、顔から血の気のひくのを覚えた。

片山刑事に見られていたかもしれない。

あのおばあさんが、用が済んだらしく、ゆっくりと戻って来る。

「倒れそうだったんで、押えてましたよ」

と、江里は言って、手さげ袋を渡した。

「まあ、すみませんでしたね」

と、愛想良く笑顔で言って、出て行く。

――あの姿を見て、何百万も現金を持っているとは、誰も思わないだろう。

「おかけになりません?」

江里はベンチの内側の方へ詰めて、片山に言った。

「あ――いや、ちょっと」

片山は自分の番号を見て、「大分待たされそうだから、また出直しますよ」

「でも――。待って下さい」

江里は自分の番号が呼ばれているのを聞いた。なぜだか、途中の番号の客が帰ってしまったのか。

「私の番だわ。一緒に振り込んで来ますよ」

「え？　でもそれじゃ……」

「五つも六つも振り込みがあるんです。一つぐらいふえても同じですわ」

「すみませんね。じゃ、お願いします」

「ここへかけて、待ってて下さい」

江里は、カウンターへと足早に向った。

ついさっき、あの札束を盗もうとしたのが、嘘のように、軽く晴れやかな気持になっていた……。

「仕事中に、ちょっとサボるって、楽しいですよね」

　と、江里は言った。

　そして自分で笑って、

「ごめんなさい。刑事さんは、そんな呑気《のんき》なことを言っていられませんよね」

江里と片山は、銀行を出て、近くの喫茶店に入っていた。

「いや、刑事だって普通の人間です。どんな大事件の捜査に当っていても、時には息抜きしないと」

片山はコーヒーを飲んで、「よく仕事で外出を？」

「日に一、二度は。でも、せいぜい銀行や郵便局です」

と、江里は言った。

江里はミルクティーの甘い香りをかいで息をついた。

「あの金山という男を追ってるんでしょう？」

「ええ。どうもなかなか……」

「あの足を悪くされてた方……」

「笹井さんですか。彼は責任を感じてるので、なおさらです。あなたのためにも早く見付けたいですよ」

「私は……」

と言いかけて、ケータイを取り出し、「さっき、若原さんのお母様から」

と、メールを片山に見せた。

片山はそれを読んで、

「──なるほど。お母さんは寂しいでしょうからね」

と肯《うなず》いて、ケータイを返した。

「ええ。でも私──」

江里は、言いかけてためらい、「私——ご存知でしょう。若原さんと別れるつもりでした」

「聞きました」

「ねえ、そんなこと隠して、何食わぬ顔で、彼のお母さんに会えばいいんですけど——。でも、その方が気が咎《とが》めるんです」

と、江里は言った。「それに……。こんなこと、妙かもしれませんけど」

「何ですか？」

「もちろん、私も金山って犯人のことは憎らしいです。でも、何だか……。金山って、若原さんの前に、三人も殺してるんですってね」

「ええ、分っているだけでね」

と、片山は肯く。

「私、金山がどうして平気で人を殺すようになったんだろう、って思ったんです」

「なるほど」

「ねえ。たとえ病的な殺人犯でも、ただ憎いってだけじゃ、解決にならないと思うんです。その犯人がなぜ人を殺したいほど憎んでいるのか。——私、知りたいんです」

「分ります」

と、片山は言った。「でも、僕も今まで考えてなかったな」

「片山さん……」

「金山をどうやったら見付けられるか、今度こそ、逃がさないようにしなきゃ、とかね」

「それはそうですよね。刑事さんが殺されたんですもの」

「ええ、まあ……」

と、片山はためらって、「でもね、仲間を殺されたって気持を抱えてると危いんですよ」

「危いって？」

「つい、仕返ししようって気になりますからね。確かに、若原みたいに若くて、まだ何もかもこれからって奴を殺すなんて、何てひどいことだ、って思います。でも、金山はあくまで殺人容疑者です。僕らは逮捕して裁判を受けさせなきゃならないんです。殺してしまってはいけない」

江里は肯いて、

「何だか片山さんの話を聞いて、ホッとしました。私――自分がどうかしてるのかしら、って心配だったんです。あんな凶悪犯のことを知りたいと思うなんて」

「いや、ちゃんと知らなきゃいけないんですよ。――知ることで、逮捕することもできるかもしれないし」

江里はミルクティーを飲み干し、

「もう会社に戻らなきゃ」

と言った。

「そうですね、僕も」

片山が伝票を取って、江里も素直に礼を言った。

喫茶店を出ると、風が一段と冷たくなっていた。

「じゃあ……」

と、片山が行きかけると、

「片山さん」

と、江里が呼び止めた。「ありがとう」

片山は、ちょっと戸惑って、

「何のことです？」

「いえ、いいの。ただお礼が言いたかったんです」

片山も笑顔になる。江里は、

「片山さん。――一度、お食事でもしませんか」

と言った。

「僕と？　退屈ですよ」

「本気でそう言ってるんですね。面白い」

「いや、後悔されても申しわけないので」

「大丈夫。私も負けないくらい退屈です」

「分りました」

「じゃ――夜でもお電話下さい。私はいつでも大丈夫」

「そうしますよ」

――若原が死んだばかりなのに。

江里は、そう思わないでもなかったが、ともかく片山ともっと話していたかったのである。

片山と別れて、会社へ戻ろうとした江里は、横断歩道の信号が青になるのを待っていた。

北風に吹かれていたが、ふしぎに寒いと感じない。

誰かが、すぐ隣に立った。江里は何気なくそっちへ顔を向けた。――一瞬、顔がこわばった。

「何してるの、こんな所で？」

声は震えていた。

「立ってちゃ悪いか」

古びたオーバーを着た男は、小馬鹿にするような口調で言って、「あの男は誰なんだ？」

「関係ないでしょ！　放っといて」

信号が青になる。

江里はほとんど駆け出すようにして、道を渡った。

しかし、男の方は江里について来る。

「ちょっと話したいんだ」

「仕事中よ」

「じゃ、会社で話してもいいぞ」

江里はキッと振り返ると、

「分ったわ。早くしてね」

と言った。

「父親に向って、そういう言い方はないだろう」

と、男が無精ひげののびた顎《あご》をさすってニヤリと笑った。

江里が先に立って歩いて行く。——男は、

「待てよ、江里！　おい！」

と、小走りに後を追った。

——片山は、中沢江里が怒っているような顔で、その男と道を急ぐのを、通りの向いから見ていた。

誰だろう？　年齢からいえば、江里の父親と言ってもおかしくない。

しかし、どこか崩れた印象で、まともな仕事をしていない男、と見えた。

片山は、江里に教えたケータイ番号が古いものだったことに気が付いて、彼女を追いかけて来たのである。

あの男を見る、江里の表情の険しさは、普通ではなかった。

同時に、男の方の顔も、どこかで見たことがあるような気がしていた……。

6　池

およそ、公園でデートなんかしたことのない哲である。

Ｋ公園がどこか分らず、散々捜してしまった。しかも中が広くて暗い。

池の前、と言われていたが、どれが池なのやら……。

「これかな」

「寒いぜ、全く」

と、口をついて出る。

何の用だ？——哲としては、気が重かった。

あの片山って刑事はいい人だ。むやみに人のことを怒鳴ったりしない。

しかし、笹井は……。

哲としても、若原という若い刑事を死なせた責任を、少しは感じている。しかし、死なせるつもりなどなかったし、笹井が勘ぐっているように、金山を逃がそうとして、わざとでたらめの地図を描いたわけでもない。

ましてや、金山に新しい殺人をさせるつもりなど……。

だが、笹井も、さっきの電話ではずいぶん穏やかだった。

「色々きついことを言って悪かったな」

とまで言ってくれたので、正直、哲はいささか気味悪かったくらいだ。

それにしても、こんな時間に何の用だ？　しかも、こんな人気のない寂しい場所で。

腕時計を見ると、十二時を十五、六分も過ぎている。捜している内に遅れてしまったのだ。

だが、笹井はまだ来ていないようだ。

哲は首をすぼめて、左右へ目をやった。

——暗がりのベンチで、誰かの気配がする。

目をこらして、哲は舌打ちした。

この寒いのに、よくやるぜ。

若い男女が、ベンチで抱き合ってキスしていたのである。

ケチしねえで、どこかホテルにでも行けよ、全く！

哲は、その男女を見て苛々《いらいら》している人間がもう一人いることを知らなかった。

——三十分が過ぎた。

哲は少し不安になった。自分の聞き間違いか？　それとも、ここは「池の前」じゃないのか？

　ケータイを取り出して、ためらう。

　笹井のケータイ番号など聞いていない。ここでの待ち合せの連絡も、公衆電話からだ。

　それに、時間に遅れたからといって、笹井に電話などできない。

　少し迷ってから、哲は片山にかけてみることにした。夜中ではあるが……。

「——はい」

　と、女性が出た。

「あの……神戸哲といいますが」

「ああ。片山晴美です」

「妹さんですか。どうも」

　哲はホッとした。「あの——お兄さんは」

「いますけど、今お風呂《ふろ》に入ってるんです。何か急ぎのご用？」

「いえ、あの……」

　哲は今の状況をどう説明したものか、困ってしまった。

「呼びましょうか」

　と、晴美が言った。

「いえ、結構です！　あの——K公園にいるんですが、池の前っていうのが、どこなのかよく分んなくて」

「K公園？」

「そこで十二時って言われたんですが、まだみえないんで」

「哲さん。落ちついて話して。K公園の池の前に十二時って……。それ、誰と待ち合せてるんですか？」

「ええ、今日電話が――」

と言いかけて、哲は、あのベンチでラブシーンを演じていた二人が、肩を組んで立ち去るのを見た。

そして、誰かがこっちへやって来る。暗くて顔は分らないが……。

「哲さん？　もしもし？」

「あ、すみません。今、みえたようで。それじゃ、お邪魔しました」

哲は通話を切った。そして、近付いて来る人影の方へ、

「笹井さんですか」

と、声をかけた。

同時に、その足どりが、ステッキを突いている笹井のものでないことにも気付いていた。

「――待たせたな」

金山が言った。

哲は血の気がひいた。なぜ金山がここにいるのか、などとは考えなかった。今、目の前に金山がいる。

それだけで、青ざめるのに充分だった。

「兄貴……」

「良かったな。早く出られて」

「へえ……。兄貴、俺は何も——」

「そうビクつくな。怒っちゃいねえよ」

と、金山は笑顔で言って、哲の肩を叩《たた》いた……。


風呂から出た片山は、晴美から哲の電話のことを聞いて、

「どういうことだろうな」

と、首をかしげた。

「何だか気になったの」

と、晴美が肯《うなず》いて、「待ち合せた相手の名前は言わなかったけど——」

「ニャー」

と、寝そべっていたホームズが、起き上って鳴いた。

「ホームズも気になるって言ってるわ」

「待ち合せた相手が来ないからって、どうして俺の所へ電話して来るんだ？」

片山はちょっと考え込んで、「かけてみよう」

と、ケータイを手に取った。

「——出ないの？」

「うん……。鳴ってはいるはずだが」

片山は三回かけてから、「K公園だな。行ってみる」

と、立ち上った。

「私も行くわ」

晴美がハーフコートをつかむと、ホームズが一足早く、玄関へ行って振り向いた。

夜道は空《す》いていて、K公園まで車は二十分ほどで行った。

公園の正面で車を停め、三人は急いで中へ入って行った。

案内図を見て、晴美が、

「池って、これのことね、きっと」

と言った。

「行こう」

凍えそうな風が吹いている。

照明が少なく、公園の中は暗かった。

「これを右へ曲るんだわ」

木立ちの間の道を行くと、開けた場所に出た。

「この公園の中心なのね、この池のある場所が」

「哲はいないな」

もちろん、待ち合せた相手が来て、一緒にどこかへ行ったのだろうが……。

ホームズが片山を見上げて一声鳴いた。

「ああ。――ケータイにもう一度かけてみよう」

片山が自分のケータイで哲へかけると……。

「――お兄さん。どこかで鳴ってるわ」

「ああ、そうだな」

二人は音のする場所を捜して駆け回った。

「お兄さん！　ここ」

晴美が言った。

池のすぐ手前に、哲のケータイが落ちていた。

「いやな気分だ」

と、片山は言った。

「ニャー」

と、ホームズが鳴いた。

「ホームズ、危いわよ。池に落ちたら、風邪ひくわ」

ホームズは、池の縁に乗っていた。「ホームズ、そこから下りて……」

と、歩み寄った晴美は、

「お兄さん！」

と、こわばった声を上げた。「池の中……」

片山は駆け寄った。

弱い明りで、すぐには目に入らなかったが、やがて池の水が赤く濁って、その底から哲の白い顔がじっと片山を見上げているのが分った。

「哲！――晴美、ホームズを抱いてってくれ」

片山はコートを脱ぐと、冷たい池の中へと飛び込んで行った。


片山がたて続けにクシャミをした。

「お兄さん……。風邪ひくわ」

と、晴美が言った。「もう行きましょうよ」

「ああ……。しかし、事情の説明を――」

と言いかけて、またクシャミ。

それも当然で、この寒さの中、池に沈んでいた哲を引き上げるのに、冷たい水の中へ飛び込んだのだ。

片山としては、わずかでも哲の助かる可能性があるかと思ったのだが……。やはり無理だった。

現場には、捜査班がやって来ていた。

「片山さん、大丈夫ですか？」

石津刑事もやって来ていた。

「うん……。少し寒いけどな」

ずぶ濡《ぬ》れの体に毛布を巻きつけてはいるものの、すっかり凍え切っている。

「石津さん、このままじゃ、お兄さん、肺炎にでもなっちゃう。一旦《いったん》近くのホテルにでも連れてって、熱いお風呂《ふろ》に入れたいの」

「分りました！　そう言って来ます」

と、石津が駆けて行く。

「お兄さん、もう行きましょ」

と、晴美が言った。

歩いてすぐの所にホテルがあり、晴美はすでに電話を入れて部屋を取っていた。

「そうだな……。行くか」

正直、冬の夜である。いくら都会とはいえ凍える。

片山も、膝《ひざ》が震えるのを何とかこらえて歩き出したが――。

「お兄さん、どうしたの？」

足を止めた片山に晴美は言ったが、片山は池の外の地面に横たえられて、布で覆われた哲の死体を、じっと見下ろしていた。

「お兄さん……」

「まだ若かったのにな。――可哀そうに」

と、片山は呟《つぶや》くように言った。

片山と晴美が公園を出ようとすると、タクシーが停って、笹井が降りて来た。

「笹井さん」

「哲が殺されたってのは本当か」

と、笹井は訊《き》いた。

「ええ。――拳銃《けんじゅう》で一発。池の中に沈んでいました」

「金山か」

「たぶん……。うまいこと言われて、ここへ誘い出されたんでしょうね。あんなに怖がってたのに……」

片山はクシャミをした。晴美が、

「すみません。哲さんを水から運び出すので、ずぶ濡れに……」

「そりゃいけない。後は任せて、行ってくれ」

「よろしくお願いします」

片山と晴美は急ぎ足で公園を後にした。


「生き返った！」

と、片山の声がバスルームに響いた。

「お兄さん！　あんまり大きな声、出さないでよ」

晴美がバスルームの外から怒鳴った。

「だけど――解凍された感じだ」

片山はバスタブのお湯に顎《あご》まで浸《つか》っていた。

「溺《おぼ》れないでよ、中で居眠りして」

「ああ。――しかし、考えれば考えるほど妙だ」

「何のこと？」

「哲だよ。金山がどう言ったか知らないけど、会えば殺されると思ってたはずだ」

「そうね……」

「お前と電話で話したとき、哲は金山の名を出さなかったんだろう？」

「待ってね。思い出してみる」

晴美は、電話での哲とのやりとりを思い出していたが、「――言ってなかった。絶対よ。訊けば憶《おぼ》えてないわけがないし」

「すると、哲の奴、金山が来ることを知らなかったのかもしれないな」

「じゃ、誰が呼出したの？」

「そいつは分らないけど。――誰か、金山の代りに哲へ連絡して、あの公園で待ってるように言った人間がいるんだ」

「そうね。そう考えた方が自然ね」

「しかし……」

片山は首をかしげた。「その相手が待ち合せ時間を過ぎてもやって来なかった。心配になって、哲は……」

「お兄さんに電話して来た」

「そうなんだ。――しかし、なぜ俺に？」

「それがふしぎね」

「分らないな……。ああ、何だかのぼせて来た」

「ちょっと！　こんな所で倒れないでよ。お兄さんをおぶって帰るほど力ないんだから」

と、晴美は言った。

「分ってるよ。――もう出る。お前も入るか？」

「私は……。そうか。まだ入ってなかったんだ。じゃ、もったいないから入ろうかしら」

「俺が出るまで待ってくれよ」

「当り前でしょ」

晴美は苦笑して、「ねえ、ホームズ。誰がこの年齢になって、お兄さんと一緒にお風呂に入るもんですか、って」

「ニャー……」

ホームズは早くもベッドの上に「居心地の良い場所」を見付けて、丸くなって半分眠り込んでいた。

「あら」

片山のケータイが鳴っていた。「――お兄さん、電話が」

「誰だ？　出てみてくれ」

「いいの？――はい、もしもし」

と、晴美が出ると、

「あの……片山さんでは」

「妹の晴美です」

「ああ。私、中沢江里です」

「あ、どうも」

「お兄様はおいでですか」

「今、お風呂で。ちょっと待って下さい」

晴美はバスルームの入口で、「中沢江里さんからよ」

と、兄へ呼びかけた。

「分った」

片山はバスタオルを腰に巻いて出て来ると、晴美の手から、ケータイを受け取り、またバスルームに入って、ドアを閉めてしまった。

「――ああ、どうも。――いや、大丈夫、声が響くでしょ。お風呂場なんでね」

と話している片山の声が、ドア越しに聞こえる。

晴美はいささか面食らって、

「お兄さんたら……。いつの間に?」

と呟いたのだった。

きっと聞いている。

――笹井は考えて、何度もかけ直していた。

分っているのだ。笹井から電話して来ていることを。だから、わざと出ようとしないのだ。

「――いい加減に出ろ」

もう一度、ケータイでかけ直しながら、笹井は呟いた。

やっと向うが出た。

笹井は息を吐いて、何とか怒りを抑えようとした。

「笹井さんか。出られなくて、悪かったね。ちょうど風呂《ふろ》に入っててね」

金山の口調は、ごく当り前のものだった。

「金山、話が違うじゃないか」

笹井は、公園の奥の方を振り返った。池の辺りがライトで照らされている。

「何のことだい？」

「とぼけるな！　哲の奴を殺したりしないと言ったろう」

「ああ、そのことか」

と、金山は笑った。「成り行きで、そういうことになったのさ」

「嘘をつくな！　初めから殺すつもりでいやがったな」

「当り前だ」

金山の口調がガラリと変った。「俺を売ったんだ。殺されて当然だろ」

「しかし――」

「そんなことも分らないのか」

「貴様……」

「呼出したのはあんただぜ。分ってるだろうな」

皮肉めいた口調でそう言うと、「そうだ、礼を言うのを忘れてたよ。今日の五十万さ。あれで差し当りは食って行ける」

笹井はじっと怒りをこらえて、

「——もう沢山だ」

と言った。「お前のために何かしてやるなんて、ごめんだ」

「そうか」

金山は平然と、「じゃ、好きにしな。その代り、俺が捕まったとき、あの若原って刑事を殺したのは、本当は誰だったのか、はっきりすることになるぜ」

笹井は無言で唇をかみしめた。

「——まあ、お互いカッとしないことだ」

と、金山は言った。「いいな。せっかく二人にとっていいように運んでるんだ。ぶちこわさないでくれよ」

笹井はゆっくりと息を吐き出し、

「——分った」

と、ぶっきらぼうに言った。「しかし、もう人殺しはよせ」

「俺だって、好きで殺してるんじゃねえよ」

と、金山は言った。「また連絡する。達者でな」

そして、思い出したように付け加えた。

「足の具合はどうだ？」

7　破綻

どうしたって、顔を合さないわけにはいかない。

それは亜季子にも分っていた。

しかし、少しでも「その時」を先へ延したい。——一緒の講義を休んだり、休み時間も図書館へこもったりした。

しかし、どう逃げていても、しょせん同じ大学の中である。

「亜季子！」

その声にハッとして足がすくむ。

仕方ない。——聞こえなかったふりもできない。

「ああ、努」

と、振り返って、「どうしたの？」

「どうした、じゃないだろ」

茂原努は、不機嫌そのものの顔をしていた。

それも無理はない。一番良く分っているのは、亜季子自身である。

「何度もメールしたぞ」

と、茂原努は言った。

「ごめん。ちょっと忙しくて」

亜季子は曖昧《あいまい》に微笑んで、「ね、講義だよ。話、帰りにしよう。どこかで待ち合せて」

「だめだ。今話そう」

「でも、講義、出ないと単位が――」

「さっきはサボってたくせに、俺と一緒になるのがいやだったんだろ」

「努……」

「分ってる。大学へ出てるのは知ってたんだ。わざと講義に出て来なかった」

亜季子は目を伏せた。

「――帰りに待ち合せるったって、本当に会う気があるのか。すっぽかして帰るつもりじゃないのか？」

「違うよ。必ず行く。本当よ」

茂原は、ふくれっつらでしばらく亜季子を見ていたが、

「――分ったよ」

と、肩をすくめて、「じゃ、この講義が終ったら、〈R〉で待ってる」

「〈R〉ね。分ったわ」

と、亜季子は肯《うなず》いた。

「じゃ……」

茂原は足早に行ってしまった。

「ごめんね、努……」

と、亜季子は呟《つぶや》いた。

茂原が言った通り、亜季子は約束をすっぽかして帰るつもりだった。

茂原のことが嫌いになったというわけではない。ただ、今は……。

亜季子は足早に講義室へと向ったが、その手前で足を止めた。

きっと、茂原はこの講義室の前で、亜季子の出て来るのを待っているに違いない、と思ったのである。

茂原のことは、よく分っている。きっとそうする。

茂原と話をして、すぐに終るとは思えなかった。時間を取られたら、加瀬との待ち合せの時間に遅れてしまう。

しばらく迷っていたが、講義はもう始まってしまっている。——亜季子は、この講義も休んで、今の内に大学を出ることにした。

むろん、それでは加瀬との約束の時間に早過ぎることになるが、仕方ない。遅れるよりはいい。

亜季子は講義棟を出て、大学の正門へと向った。誰か、知っている子と出会って、茂原に帰ったことを知られたら困る。ひたすら正面を見て、足早に大学を出た。

気が咎《とが》めないわけではなかった。

外へ出て、少し足どりを緩めると、亜季子は腕時計を見た。

時間は充分ある。

寒い日だった。どんよりと曇った空。風は凍えるように冷たいが、それでも亜季子は平気だった。

ケータイが鳴って、亜季子は一瞬ヒヤリとした。もしかして、茂原か、と思ったのである。

しかし、そうではなかった。

「——もしもし、加瀬さん？」

「やあ、まだ大学だろ？　話してて大丈夫かい？」

「ええ」

亜季子は、ちょっと不安だった。加瀬がわざわざ連絡して来るのは、「今日都合が悪くなった」ということか。

「実は、仕事が早く片付いてね。もし、待ち合せを少し早められたら、と思って」

亜季子の胸がときめいた。

「私も、ちょうど休講があって、もう大学を出たところ」

「じゃあ、ちょうど良かった。これからすぐ向うよ」

「ええ、私も」

「ゆっくりできるね」

「ええ！」

そう答えて、亜季子は頬を染めた。

ケータイをバッグへ戻すと、亜季子の足どりは、さらに軽くなった。

——加瀬と待ち合せてホテルへ行く。

もう、何回目になるだろう。

亜季子は、加瀬との時間に、「大人になる」歓《よろこ》びを味わっていた。

年齢の差など、少しも気にならなかった。

弾むような足どりで急ぐ亜季子は、全く後ろを振り返りはしなかった。

だから、茂原が少し離れてついて来ていることなど、知る由もなかったのである……。

「ええ？」

と、晴美は言った。

「たぶん……。しかし、驚いたな。こんな所が残ってるんだ」

片山は足を止めた。

晴美はショルダーバッグを掛け直した。中にホームズが入っているので、重い。

「ニャー」

「出て歩いてくれる？　助かるわ」

バッグの口を大きく開けると、三毛猫のしなやかな体が、スルリとバッグを抜け出て、道へ下り立った。

「車で来なくて良かったわね」

と、晴美は言った。

「うん……」

それは、車で来ても置く所がない、ということでもあったし、この場所に、車は似合わないということでもあった。

「似てるな」

と、片山は言った。

「金山が隠れてた所に、でしょ？　私もそう思ったわ」

「きっと、金山にとっちゃ気の休まる場所だったんだろうな」

――寒々とした冬空の下、その古びた家並はいっそう侘《わび》しく見えた。

道は真直ぐではなく、むしろ建っている家の隙間でしかない。広くなり、狭くなり、右に左に、クネクネと曲った。

しかし——人の気配がない。

「誰か住んでるの？」

「そのはずだけどな」

と、片山が言うと、

「猫ちゃんだ」

という子供の声がした。

一軒の家の玄関の引戸が半分開いていて、そこに四、五歳の子供が腰をおろしていた。

ホームズがその子供を見て、

「ニャーオ」

と、挨拶した。

子供が嬉《うれ》しそうに手を振る。

その笑顔を見て、片山も晴美もホッとした……。

母親らしい女が顔を出した。

「失礼ですが」

と、片山は言った。「この辺に金山って人の家はありますか」

「金山？」

女は首をかしげて、「さあ……」

「今はもういなくなってるかも」

「思い当らないね」

「そうですか」

片山が礼を言って行きかけると、

「──待って」

と、女が呼び止めた。「金山って男と一緒に暮してた女はいるかもしれない」

「今でもですか」

「そんな名前を聞いたような……。ちょっと待ってて」

女は奥へ入って行く。

片山たちは、十分ほども待っていた。

冷たい風が、隙間だらけの家を吹き過ぎて行く。

つい首をすぼめてしまう寒さ。

そして、出て来たのは、さっきの女の母親かと思える、白髪の女で、

「金山って言ったかい？」

と、いきなり訊《き》く。

「知ってますか」

と、片山は言った。

「私じゃないけど、昔、金山って男と一緒に暮してた女がいたよ」

「すると、今はもう……」

「この二、三か月、見たことないね」

と、女は肩をすくめて、「この辺じゃ、自分が食べることだけで手一杯でね」

「その女の人は、どこに住んでたんですか」

女は枯枝みたいな指を持ち上げて、曲りくねった通りのもっと先を指すと、

「このずっと先に、小さな神社があるよ」

「神社の……近くということですか」

女は口もとに笑みを浮かべて、

「神社に住んでるよ」

と言った。

「神社の中に？」

「まだいるとすりゃね」

「——どうも」

と、片山は礼を言った。

「あの――これ、甘いものですけど」

晴美が、手にさげた紙袋から、お菓子の箱を出して、女に渡す。

晴美が同じ菓子を何個か用意して来ていたのである。

女の顔に、皮肉混りでない本当の笑みが浮んだ。

「あら、甘いもんなんて久しぶりだね」

と、受け取ると、「もらっていいの？　すまないわね」

「いいえ。ご親切に教えて下さったんですもの、これくらいは」

と、晴美は微笑んで言った。「何か思い出したことでもあれば、兄の所へ連絡を」

片山が名刺にケータイ番号を書いて渡す。

「兄弟なの、あんたたち。恋人同士かと思ったよ」

「よく言われるんですよ」

と、晴美が真顔で、「これと三人兄妹《きょうだい》かって」

足下にいたホームズが「ニャー」と鳴く。

女は大笑いして、

「いい家族だね、あんたたちは」

と言った。「こんなに笑ったのは何年ぶりかだよ」

「もっともっと笑って下さい」

「笑いたいけど、毎日食べるもんもなくちゃね。笑う元気も出ないよ」

女は菓子の箱を手に、「今日はこれがあるから、ご飯が楽しいね」

と言った……。

片山たちは、その細い道を辿《たど》って行った。

「——しかし、ひどい暮しだなあ」

と、片山はため息をついて、「救いの手の指の間からこぼれ落ちる人がいくらもいるんだ」

「そうね。——ああいう人たちに、『元気だから働け』って言ったって、仕事なんか見付からないでしょうしね」

「こんな貧しさを放っておくのも犯罪だ。そう思わないか？」

片山は腹に据えかねている口調だった。

「——あれかしら、神社って？」

と、晴美が言った。

もう今は廃屋となった神社だった。敷石は割れ、伸びた雑草が枯れて白く揺れている。

「こんな所に人がいるのか？」

「分らないけど……。ともかく捜してみましょ」

捜すといっても、建物らしいものは、お堂だけである。今にも朽ち果てて崩れそうだ。

「――誰かいますか」

と、片山は外から呼びかけた。「すみません、誰か……」

晴美が片山を肘《ひじ》でつつくと、小声で、

「そんな風に呼びかけたら、追い出しに来たのかと思って、出て来ないわよ」

「ああ……そうか」

「すみません」

と、晴美は静かに呼びかけた。「金山さんという人のことで伺いたいことがあって。もしおいでなら、お会いできませんか」

しばらく返事はなかった。

しかし、片山も晴美も、中から洩《も》れて来る食べものの匂いに気付いていた。ソースか何かの匂いである。

誰かいるのだ。――しかし、焦りは禁物だ。

もう忘れかけたころに、中で床のきしむ音がして、

「どなたですか」

と、女の弱々しい声がした。「ごめんなさい……」

戸が開いて、スカートにセーターという格好の女が現われた。

「お待たせして。ちょっと身なりを……」

「いえ、全然構いません」

と、晴美は言った。

「金山のこと、とおっしゃいましたか」

見たところ、七十歳は過ぎていようという白髪の老婦人である。もちろん、こんな所で暮しているということは、住む家もないのだろうが、古着にせよ、セーターもスカートもきちんとしていて、ほころびはない。

「金山さんという人をご存知でしょうか」

と、片山が訊く。

「金山といいますと――父親の方でしょうか。息子のことでしょうか」

片山と晴美は顔を見合せた。

「父親の方というのは……」

「私が昔、一緒に暮していた男です。金山正春《まさはる》といって……。今生きているのかどうかも分りませんが」

「今生きておられたら、おいくつですか？」

と、晴美が訊いた。

「ええと……私の三つ上だから……たぶん、七十五、六じゃないでしょうか」

「息子さんがおられると――」

「ええ、広造といいます」

金山広造の母親なのだ！

「その息子さんは今どこに……」

「分りません。二十歳になったとき、父親を捜すと言って出て行きましたが、それきり——」

「そのころはどちらに住んでおいででしたか？」

「この先のアパートでした。でも、アパートそのものが借金のかたに取られ、住んでいた人たちは家具ごと追い出されたんです。——私も、一人ではどうにもならなくて、つい、この空いたお堂に泊ったんですが、それがずっと……」

「じゃ、金山正春さんからも広造さんからも、全く連絡がないんですか」

「向うも連絡の取りようがないでしょうね。ここにいるなんて知りませんから」

「あ、失礼ですが、お名前は？」

「私ですか。そうでした。申し上げておりませんでしたね」

と、上品に笑い、「大津《おおつ》久仁子《くにこ》と申します」

と、改めて頭を下げた。

片山は名前をメモした。

「——実は、警察の者で」

と、片山は言った。「広造さんに伺いたいことがあって捜しています」

「さようですか。今申し上げました通り、こちらも捜しようがなくて……」

「どこか、施設に移られては？　心当りを当ってみますよ」

と、晴美が言った。

「いえ、もうどうせ先は長くないので」

と、大津久仁子は首を振って、「施設などに入って、金山や広造に負担をかけるのでは申しわけないです」

「でも……お会いにはなりたいでしょう」

「それはまあ……。でも、仕方ありません。こちらが親らしいことをしてやらなかったんですもの。親孝行しろと言うのは虫が良過ぎるというものですわ」

大津久仁子の口調はあくまで淡々としていた。

「どうもお邪魔しました」

晴美は、「召し上って下さい」

と、お菓子の箱を置いた。

「まあ、恐れ入ります」

片山は名刺を置いて、

「何かお困りのことでもあれば、いつでも連絡して下さい」

と言った。

「でも電話がありませんよね」

「ええ。どうしても必要なときは、少し行くと、公衆電話が。でもお金がないので、タバコ屋さんに頼んで電話させてもらっています」

「これ――テレホンカードです。使って下さい」

晴美は菓子箱の上に、まだほとんど度数の残っているテレホンカードをのせた……。

――片山たちは、その神社を後にすると、少し行って足を止めた。

「驚いたな！　金山の母親がいたなんて！」

片山たちが、ここを訪ねて来たのは、金山がこの辺りに住んでいたことがある、という資料を見たからだ。

しかし、金山に関する捜査資料でも、ここに金山の母親が住んでいるとは書かれていなかった。

「金山が母親に会いに来るかもしれない。監視をつけよう」

「そうね。でも、気付かれないようにしないと」

「ああ、そうだな」

片山はケータイで、笹井へかけた。

「――笹井だ。片山か」

「ええ。笹井さん、金山の母親を見付けました」

少し長い間があった。「――もしもし？」

「片山、今、何と言った？」

「金山広造の母親です。当人の話だけで、まだ裏は取っていませんが、まず間違いないと思います」

「それは……確かか」

「一応監視を置いた方がいいかと――」

「もちろんだ！」

笹井も興奮している様子だった。「場所はどこだ？」

片山の説明を、笹井は何度かくり返させた。

「――よし、分った。俺が手配する。お前は一旦《いったん》こっちへ戻って、課長に状況を説明しろ」

「分りました。よろしく」

片山は通話を切って、「――一課へ戻る。すぐ手配してくれるよ」

「でも、少しの間でも誰もいなくなっちゃうのは……」

と、晴美は言った。「いいわ。私とホームズが残ってるから、お兄さんは戻っていいわよ」

「そうだな。念には念を入れるか」

片山は肯《うなず》いて、「それじゃ頼むぞ」

と、急ぎ足で、来た道を辿《たど》って行った。

「さあ、ホームズ」

と、晴美が言った。「寒いしね。どこに隠れてようか」

笹井は、捜査一課を出ると、人気のない廊下の隅へ行って、ケータイを手にした。

「あいつめ……」

と、呟《つぶや》きつつ、ボタンを押す。

何度か鳴ったが、向うは出ない。――笹井は苛々《いらいら》とかけ直した。

「もしもし」

と、向うがやっと出た。

「待たせるじゃないか」

「今、ちょっと忙しいんだよ」

と、金山は言った。「後にしてくれないかな」

「そうか。まあ俺はそれでもいい。しかし、お前も母親に会いたいんじゃないか」

しばらく金山は沈黙した。

笹井はほくそ笑んだ。

「——今、何と言ったんだ？」

「母親さ。お前の母親の居場所が分ったんだ」

「——俺をかつぐ気かね」

「本当だ。お前の母親は大津久仁子というんだろう」

向うで金山が息をのむ。

「本当なのか。生きてるんだな」

「ああ。ただし時間がない」

と、笹井は言った。「すぐ手配して、母親を保護する。そうなりゃ、お前はもう会えないぞ。逮捕されない限りはな」

「待て。待ってくれ！　どこにいるんだ、お袋は？」

「知りたいか」

笹井は笑みを浮かべて「教えてやってもいいが、条件がある」

「条件？」

「言わなくても分るだろう。——お前が持っている〈証拠〉をよこせ」

「貴様……」

「さあ、どうする？　俺も、手配を遅らせるのは数分が限度だ」

「しかし——ここには持ってない。取って来ないと」

「おい金山。お前のような男が、そんな大切なものを持ち歩いてないはずがないだろう。時間稼ぎはよせ」

と、笹井は言った。「今すぐ渡せば、母親の居場所を教えてやる。でなきゃ、もう一生会えないと覚悟するんだな」

「分った」

と、金山は言った。「渡してやる」

「小細工はするなよ。あと十五分で、この外まで来い。交換で場所を教える」

「俺が会いに行くまで、手配は待てよ」

「ああ、約束する。近くに来たらケータイへかけろ。いいな、待ってるぞ」

通話を切って、笹井は思わず笑った。

「やった！　やったぞ！」

弱味さえ握られていなければ、金山の奴など怖くはない。

若原を撃ったのは本当は笹井だったなどと、もし金山が話しても誰も信じはしない。

しかし、まだ安心はできない。

例の〈証拠〉を手にするまでは……。

8　歯車の狂い

シャワーを浴びて、笹井亜季子はバスタオルで体を拭《ふ》くと、息をついた。

鏡に映る自分の体を眺める。

ほんのわずかの間でしかないのに、加瀬に抱かれて、歓《よろこ》びを知ってから、体つきの変ったのが分る。

もう「少女」ではない。「女」になった。

茂原のことなど、もう亜季子の頭から追いやられていた。

——今日はまだ時間がある。

もう一度抱いてくれないかしら？　いえ、抱いていてくれるだけでもいい。

亜季子は一旦バスタオルを裸身に巻きつけたが、思い直して外すと、そのままバスルームを出た。

加瀬はベッドに腰をおろしていた。

「——加瀬さん。見て」

と、亜季子は言った。「ね、こっちを向いてよ」

加瀬が振り向いた。

「まだいいんでしょ？　もう一度抱いてくれる？」

加瀬は微笑んで、

「きれいだ」

と言った。「だが――もう終りだ。すまないが」

亜季子は当惑して、

「どういう意味？」

「服を着るんだ。僕は行く所があるから」

と、立ち上ってケータイをポケットへ入れた。

「待って」

亜季子は加瀬の方へ駆け寄って、「何かあったの？　また会えるんでしょ？」

と腕をつかむ。

「いや、もう会えない」

「どうして？　いやよ、そんなの！」

「亜季子。――すまない」

加瀬は亜季子を抱きしめると、「今、電話で……。事情は話せないが、僕は逃げなきゃならないんだ」

「逃げるって……。　どういうこと？」

「どこか、地方の小さな町にでも身を潜めて、当分は戻って来られない。君にはすまないが」

「それって……奥さんと逃げるの？」

「いや、僕一人だ。仕方ないんだ」

「それなら私も連れてって！」

と、亜季子は言った。「どこへでも一緒に行く！　何をしても働くわ」

「馬鹿言っちゃいけない。君には将来があるんだ」

「今の方が大事！　あなたを失うなんていやよ！」

亜季子はしがみつくように加瀬をかき抱いて、「お願い！　連れて行って！」

「しかし……苦労するよ」

「構わない！　あなたと一緒なら」

「分った。じゃあ、帰って必要な物だけ持って来てくれ」

加瀬は亜季子にキスして、

「ええ。どこへ行けば？」

「僕も、片付けなきゃいけないことがある。今夜十一時に、東京駅に」

「行くわ。駅のどこ？」

「ケータイにかける」

「うん」

「じゃ、僕は出るよ」

「今夜ね！」

亜季子はもう一度加瀬を抱いて、「幸せだわ、私！」

と言った。

加瀬が急いで出て行くと、亜季子は裸のままでベッドに腰をおろした。

何だか、今でも夢を見ているような気がした。今、自分が加瀬に言ったことは、現実の言葉だったのか？　それとも夢の中のことだったのか……。

いや、本当だ。本当に、あの人は「逃げなきゃならない」と言ったのだ。

そして……。

「私は一緒に行く」

と、亜季子は呟《つぶや》いた。

今になって、自分がどんなにとんでもない決断をしたのか、気付いた。

加瀬と逃げる。

それは、親との暮しとも、あの自分の部屋やベッドとも、大学の友だちとも別れて、何もかも失うことだ。

そんなことができるだろうか？

どこかの小さな町で、加瀬と二人で暮す。

何をして食べて行くのだろう？　小さなアパートで、掃除も洗濯も料理も、すべて自分でしなくてはならない。

私には何もできない……。

でも――でも、加瀬を失うくらいなら、どんな辛《つら》いことも我慢できる。

いや、そんなのは甘い考えなのかもしれないけれど、でももう決めてしまったのだ。

約束したのだ。彼と。

行かなければ。――ともかく家へ帰って、必要なものをバッグに詰める。

十一時、東京駅。――親に怪しまれないように、少し早く出よう。そして、

「お友だちの所に泊ってレポートを書く」

と言っておけば、少なくとも明日までは大丈夫だ。

「しっかりして！」

と、口に出して言った。

私はあの人と一緒に行く。そう決めたんだわ！

亜季子は、「ハクション！」とクシャミをして、自分がまだ裸のままでいるのを思い出

した。

あわてて服を着る。——新しい門出に風邪引きじゃね。

髪が少し濡《ぬ》れていたが、気にしなかった。

バッグを手に部屋を出る。

何と何を持って行こうか、と亜季子は考え始めていた。

エレベーターで一階へ下り、足早にホテルを出て、駅の方へと歩き出すと、

「亜季子」

振り向く前に分っていた。

「——努」

茂原努が、険しい表情で立っていた……。

ケータイが鳴った。

笹井は正面入口の方へと歩きながら、

「十八分たってるぞ」

と、金山へ言った。

「今、表の通りだ。罠《わな》じゃないだろうな」

と、金山が言った。

「心配するな。約束は守る」

ステッキを突きながら、笹井は警視庁の建物から外へ出た。

「どこだ？」

「あんたが見えてる。左手の方だ」

タクシーの窓から、金山が手を振っているのが見えた。

笹井はタクシーの方へ歩み寄ると、

「約束の物は？」

「情報を」

「同時に、交換といこう」

笹井はメモを取り出した。

金山がスーツの上着の内ポケットから、小さなビニール袋を取り出した。

「これだ」

「よし、交換だ」

ビニール袋とメモ用紙がすれ違った。

笹井は、頭部の潰《つぶ》れた銃弾が入ったビニール袋を目の高さまで持ち上げて見ると、

「よし、間違いないようだ」

金山はメモを読んで、

「あの近くの神社にいる？――あのころから廃墟《はいきょ》のようだったぞ、確か」

「そこのお堂に住んでいるそうだ」

「分った――三十分待ってくれ」

「そうは待てんな。しかし、ここから車なら十五分で行くだろう。十分したら手配する。準備してそこへ行くのに十分かな」

「いいだろう」

　金山は笹井を見上げ、「貸し借りはなしだぞ」

「ああ、いいとも」

　タクシーが走り出すのを、笹井は見送っていた。

すっかり体が軽くなったようで、笹井はほとんどステッキを突くことなく戻って行った……。


「おかしいわね」

と、晴美は腕時計を見て言った。「どうして誰も来ないの？」

「ニャー……」

　私に言われてもね、と言いたげに、ホームズが鳴いた。

「お兄さんに電話してみようか」

晴美がケータイを取り出したとき、車の音が近付いて来た。

来たのかしら？

晴美が道の方へ出ようとすると、ホームズが鋭く鳴いて止めた。

「タクシーだわ」

晴美は素早く神社の境内の木立のかげに身を隠した。

こんな所にタクシーが何の用で？

タクシーが停ると、中からビジネスマン風の男が降りて来た。

「ここで待っててくれ」

と、運転手に言って、神社の中へ駆け込んで来る。

男は迷うことなく、真直ぐにあのお堂へと向った。そして、表から、

「母さん！――母さん！」

と呼びかけたのである。

「金山広造だわ！」

晴美は目を見開いて、「どうしよう？」

一見したところ、全くイメージが違うが、ここに母親がいると知ってやって来たことは確かだった。

金山はお堂へ上り込むと扉を開けた。

「──何ですか、騒いで」

と、大津久仁子が顔を上げる。

「母さん……。俺だ。広造だ」

金山は母親のそばに膝《ひざ》をついた。

「広造……」

大津久仁子は、ぼんやりした表情で金山を見たが、「──まあ、本当だ」

「こんな所にいたのか！　捜したぜ」

金山は久仁子の肩をつかんで、「ゆっくり話してられない。ここをすぐ出るんだ」

「すぐって、お前……。私だって色々片付けないと──」

「すぐに悪い奴らが母さんを連れに来る。そして牢屋《ろうや》に母さんを閉じこめちまうんだ」

「私は何もしてないよ」

「連中には通用しない。さあ、母さん、早く逃げよう！」

「ちょっと待っとくれ。いきなりそう言われても──」

金山は母親をいきなり両手で抱き上げると、

「話は後だ！」

と言うなり、お堂を飛び出した。

金山は足を止めた。──目の前に、晴美とホームズが立っていたのだ。

「誰だ」

「片山刑事の妹です」

と、晴美は言った。「金山さん。すぐパトカーが来ます。自首して下さい」

「そこをどけ」

「どきません。お母さんを巻き込んだら、けがをされるかも」

「ああ、さっきお菓子を」

と、久仁子は呑気《のんき》に、「これが息子です」

「おい」

と、金山が言った。「俺をここで逮捕しない方がいいぜ」

「何ですって？」

「どうしてここが分ったと思う？　笹井の奴が教えてくれたんだ」

「笹井さんが？」

「手配もわざと遅らせてる。俺が逃げられるようにな」

「どうして笹井さんが――」

「本人に訊《き》け。――俺は銃を持ってる。撃たれたくなきゃ、そこをどけ」

晴美は迷った。しかし、ホームズが穏やかに鳴いて傍へよけるのを見て、

「分ったわ。でも、お母さんをどこへ連れて行くつもり？」

「余計なお世話だ！」

金山は母親を抱きかかえたまま、タクシーに向って走って行った。

晴美は追わなかった。

笹井が知らせた、というのは事実だろう。他に知っている人間はいない。

しかし、なぜ？　若原刑事を殺されて、誰よりも金山を恨んでいるはずの笹井が……。

タクシーが走り去る。

晴美はケータイを取り出して、片山にかけた。

「——お兄さん、今どこ？」

「じき警視庁の前だ。どうした。そっちは？」

「金山が来たわ」

「何だって？」

「母親を抱いて逃げた」

「しかし——手配は？」

「まだよ。金山はタクシーで逃げたわ。〈Kタクシー〉の、〈№143〉」

「分った。すぐ手配する」

と、片山は言った。「そっちへ戻ろうか？」

「いえ。——パトカーが見えるわ。今来たみたい」

「畜生！　どうして金山に分ったんだ？」

「その話は後で」

と、晴美は言った。

通話を切って、晴美はパトカーが神社の前に停るのを見た。

「ホームズ……」

「ニャー」

と、ホームズは鳴いて、ちょっと目をつぶった。

「これでいいんだ」

と言っているようだった。

「確かにね。強引に止めてたら、撃たれてたか、それともパトカーが駆けつけて、撃ち合いになったか……」

晴美は覚悟もしているが、金山の母親が弾丸を受ける可能性もあった。それは避けなければならない。

片山がすぐタクシーを手配しているだろう。この近辺、発見するのに時間はかかるまい。

でも、なぜ笹井が？

晴美は何か隠された真相があるのだと察していた。それはよほどのことだろう。

警官たちが、神社の中へ入って、

「誰もいないぞ」

と、捜し回っている。

晴美はあえて姿を見せなかった。

今の状況を、第三者に納得させるのは容易でない。晴美が凶悪犯を逃がした、と思われかねない。

やがて、片山もここへ戻って来るだろう。

「どう話そうか？　ね、ホームズ」

ホームズは、早くも目を閉じて、寝入る体勢に入っていた……。

「亜季子――」

「待って。甘いものが欲しいの。話はそれからにして。――お願い」

と、亜季子は言った。

茂原努は、不機嫌そのものの顔だったが、結局、亜季子がチョコレートパフェを食べ終るのをじっと待っていた。

亜季子は、ともかく時間がほしかったのだ。

どうしたらいいか、考える時間が。

「――おいしかった」

と、亜季子は息をついて、水をガブ飲みした。

喫茶店は空《す》いていた。BGMのラテン風の音楽が少しやかましいが、あんまり静か過ぎるよりは話しやすい。

「——亜季子」

「見られちゃったわね」

と、亜季子はアッサリと言った。「ごめんなさい。今、私は好きな人がいるの」

「見たよ」

と、茂原は言った。「ホテルへ入るのも見てたんだ、二人で。さっき、男が先に出て来たな」

「うん。急な用事でね」

「亜季子。——あいつ、どういう奴なんだ？」

と、茂原は訊いた。

「どうって……。見た通りの人よ」

「もう中年だろ」

「四十五、六かな、確か。偶然知り合ったの。それだけよ」

茂原がじっと亜季子をにらんでいる。怒りをこめたその目に、涙がにじんでいることを、亜季子も分っている。

ごめんなさい。ごめんなさい。

心の中で手を合せた。

「——僕のどこが気に入らないんだ」

茂原の声は震えていた。

「そんな……。気に入らないことなんてないわ。努のせいじゃないのよ。努はどこも悪くない。ただ——私が他の人を好きになっただけなの」

「そんな……。納得できないよ」

茂原としては、精一杯の抗議だろう。

「分るわ。怒るのも当然ね」

亜季子は、できるだけ平静に話していた。ここで茂原と言い争いたくない。

「あいつ、独身なのか」

と、茂原が訊いた。

「え？　どうして？」

「どうして、って……。当り前だろ。女房持ちに遊ばれてるだけじゃないのか」

亜季子はちょっと目を伏せて、

「奥さんはいるわ」

「やっぱりな」

「でも、努。私も二十一よ、もう。十六や十七の子供じゃない。自分の責任で選んだのよ、あの人を」

「じゃ、奥さんと別れて亜季子と結婚するつもりなのか、あいつ」

「まさか。――私だって、そんなこと求めてないわ」

「じゃ、どうするんだ。このままずっとあいつとホテルに通うのか」

怒りを抑え切れなくて、茂原の声が高くなった。

「やめて、努。大きな声出さないで」

と、亜季子はなだめた。

「僕の言ってることが間違ってるか？　それなら声を小さくするよ」

「やめて！　他のお客に迷惑だわ」

「僕が迷惑してることに比べりゃ何だよ」

しゃべっていることが、自分の怒りを煽《あお》り立てている。

「ともかく、今ここで話していても――」

「そうだな。じゃ、今から君の家に行こう」

「何ですって？」

「君の家に行って、ご両親に話す」

「やめてよ。――そんなこと、ひどいわ」

「何がひどいんだ。君はあいつを愛してるんだろ。自分で、それが正しいことだと思ってるんだろ。それなら、両親に知られたっていいじゃないか」

茂原の目は赤くなって、じっと亜季子を見つめている。

茂原は本気だ。

「――冷静になってよ。あなたがそんなことしたって、私、あなたを好きにはなれない」

「今さらそんなこと望まないよ。ただ君があんな奴の好きにされてるのかと思うと、許せないんだ」

「私が自分で選んだ道よ！　放っといて」

「そうか。――じゃ、好きにしろよ。僕は自分の好きにする」

「どうするの？」

「あいつのことを、君の親父さんに話す。さぞ喜んでくれるさ」

本当に話しに行くつもりだ。――もし、今父に知れたら、今夜の「逃避行」は不可能だろう。

茂原に非難されるや、亜季子の中の迷いはかき消されて、加瀬と一緒に逃げる決心がついていた。

邪魔させるもんですか。誰にも。

「お願いだからやめて」

と、亜季子は言った。「これは私一人の問題よ。父には何の関係もない」

「じゃ、自分でお父さんにそう言えよ」

と、茂原は言い返した。

もし、亜季子が妻を持つ男との恋に苦しんだり悩んだりしていたら、茂原ももう少し違う反応を示したかもしれない。

しかし、茂原の苦しみに対して、亜季子はあまりに迷いもなく、自分の恋を認めた。

そのことが、茂原を直接的な行動へと追いやったのだろう。

「行こう」

茂原は立ち上った。「君はどうする？　一緒に家に帰るかい？　それともここに残って、あいつに電話するのか？」

「行くわよ」

と、亜季子は言った。「自分の分は払うから」

「いいよ。僕だって、これくらいは持ってる。ホテル代はちょっと痛いけどね」

亜季子は、支払いをしている茂原を後に、先に店の外へ出た。

どうしよう？　どうしたら、茂原に思い止《とど》まらせることができるか。

「――さあ、行こう」

と、茂原が出て来て、亜季子の腕をつかんだ。

「やめて！　私、あなたに逮捕されたわけじゃないわ」

と、亜季子はその手を振り払った。

二人は駅へ向って歩き出した。

下り坂だった。――亜季子は後ろからタクシーが来るのを見て、端に寄った。

茂原も少し脇へよける。

タクシーは下りで少しスピードを上げていた。

何を――どう考えたのか。

分らなかった。考えてはいなかった。

体の方が動いていたのだ。

タクシーが二人の傍を通り過ぎようとしたそのとき、亜季子は茂原に体ごとぶつかって行った。

茂原がよろけて、前のめりになりながら数歩斜め前に進んだ。

タクシーが茂原の体をはね飛ばした。

茂原は一旦《いったん》ボンネットの上に飛び上り、それから車の前に放り出された。

急ブレーキの音。

亜季子は、茂原が糸の切れた人形のように路面に倒れているのを見た。

私が……。私がやった。

私が……努を殺した。

ぐったりと動かない茂原は、生きているとは見えなかった。

「おい、何だよ！」

タクシーの運転手が、あわてて降りて来た。

亜季子は足早に駅へと向った。

私のせいじゃない！　努があんなに意地を張るから！　私のせいじゃないわ！　私が悪いんじゃない！

亜季子は走り出していた。涙が止らなかった。

私は——ついて行くんだ！　あの人と一緒に行くんだ！

9　消滅

片山はしばらく無言だった。

「確かに金山はそう言ったの」

と、晴美は言った。

「分ってる」

片山は困ったように、「確かに、他には考えられないものな」

——夜になっていた。

片山たちはあの神社での捜索を終えて、帰る途中だった。目についたソバ屋で丼物《どんぶりもの》の夕食をとり、そこで晴美は初めて笹井のことを片山に話したのである。

金山を乗せたタクシーは見付かったものの、金山も分っていたのだろう、すぐ近くで降り、他のタクシーに乗り換えてしまっていた。むろん、母親も一緒だ。

「——金山を逮捕するチャンスだったのにね」

と、晴美はお茶を飲んで言った。

「あの母親をどこへ連れて行ったか、だな。あの二人連れじゃ目立つ。大方、どこかに母親を預けるだろう」

「そうね」

「そっちの方から捜査を進めることになるだろうな。――今、方々のタクシー会社へ呼びかけてる」

片山は店の女の子に、「お茶、もらえる？」

と、声をかけた。

「はい！」

高校生くらいだろう。この家の娘らしい子である。エプロンをつけて、汗をかきながらよく働く。

もうそろそろ閉店なのだろう。客は大分いなくなっていた。

「わあ、可愛い！」

と、女の子が、テーブルの下のホームズに気付いてしゃがみ込んだ。

「ごめんなさいね、連れて入って」

「いいえ。うちにも猫います」

と、女の子は笑顔で言った。「奥さんもお茶、いかがですか？」

「いただくわ」

と、晴美は笑って、「私は妹。奥さんじゃないの」

「ごめんなさい！　私、人の年齢《とし》が分らなくって、よく叱られるの」

と、ちょっと舌を出して見せ、女の子は店の奥へ駆けて行った。

「気持のいい子だ」

と、片山は言った。

「金山も、一見まるでサラリーマンだったわ。ちょっと見たくらいじゃ分らない」

「ともかく駅や空港には手配した」

「それで……どうする？」

と、晴美は言った。

笹井のことである。

なぜ笹井が金山に母親のことを教えたのか。そして、手配を遅らせたのか。

「金山を逮捕させたくなかった、ということね」

「そうだろうな。しかし……分らない」

片山は腕組みをした。「放ってはおけないよ」

「そうね」

お茶が来て、片山たちは香りのよいお茶を味わった。

「──笹井さんは？」

「もう自宅へ帰ったはずだ」

と、片山は言った。「訪ねてみるか」

「それがいいわね。きっとよほどの事情があるのよ」

「うん……」

片山にも分っている。笹井のしたことは、金山の逃亡を助けたのと同じだ。公にされれば、笹井は罪に問われるだろう。隠すのは間違っているだろうが、それでも片山は前もって笹井の話を聞いてみたかった。

「じゃ、行こう」

片山はお茶を一気に飲んで、言った。


あれは本気だったのかしら？

亜季子は東京駅の中を、あてもなく歩きながら、ケータイが鳴るのを待っていた。

加瀬は本気で亜季子を連れて逃げるつもりなのか。

それとも、あのとき亜季子がうるさくせがむので、出まかせを言ったのか。

「お願い……」

こうするのが君のためなんだ、なんて電話して来ないで。今はもう遠くにいる、とか…

…。

亜季子の手にしたバッグには、最小限の着替えと、好きなCDとか本、手帳などが入っていた。

何を持って行くか。いざ、考え出すと「どうしても必要なもの」なんて、そういくつもないのだと分る。

いや、きっと後になれば、「あれ持って来れば良かった!」とか、「どうしてあれを置いて来たんだろう?」とか思うのだろう。

でも今は――加瀬さえいればいい。

ケータイが鳴って、亜季子は足を止めた。

出るのが怖いようだ。

「――もしもし」

「やあ、今どこだい?」

加瀬の声はいつもと同じだった。亜季子はホッとした。

「東京駅にいる。加瀬さん、どこ?」

「君の後ろ」

「え?」

振り向いた亜季子は、加瀬が笑顔で立っているのを見て、

「もう！　子供みたいなこと、やめてよ！」

と口を尖《とが》らした。

「今見付けたんだ。——本当に来たんだね」

「ええ」

そうよ。私、あなたのために人まで殺した……。

「いいのかい、本当に？」

「自分のしてることは分ってる」

と、亜季子は言って、しっかりと加瀬の目を正面から見据えた。

「よし、それじゃ、行こう」

と、加瀬は肯《うなず》いた。「荷物はそれだけ？」

「うん」

「必要な物は買えばいい。——行こうか」

「どこへ？」

「さあね。僕に任せて」

「うん……」

亜季子は一方の手で加瀬の腕をしっかりとつかんだ。

「そうだ。——一緒に来るのなら、一つ頼みを聞いてくれ」

「何？」

「家族も友だちも、みんな捨ててくれ。一切連絡しないでほしい。その覚悟がなかったら、とても二人で新しい暮しなんか始められない」

「そのつもりよ」

「そうか。じゃ、そのケータイを捨てて」

「え？」

「誰かがかけて来るだろう。電波を追跡して、僕らを見付けるかもしれない。それを捨てられる？」

　亜季子は少し迷った。家はともかく、何人かの友だちとは連絡し合いたいと思っていた。これを捨てたら、友だちのケータイの番号も分らなくなる。

「どうする？」

　加瀬の目は真剣だった。

　亜季子はポケットからケータイを取り出すと、目についたゴミ箱の方へと大股《おおまた》に歩いて行き、ケータイをその中へ放り込んだ。

「よし、行こう」

　と、加瀬は言った。

「待って」

「何だい？」

「キスして」

人目があっても構わなかった。――亜季子は自ら抱きついて、唇を重ねた。


「ごめんなさい。待たせて」

と、笹井貴子は片山たちにお茶を出しながら言った。

「いえ、こちらが突然訪ねて来たんですから……」

と、片山は言った。

笹井は風呂《ふろ》に入っていた。

「もう出ると思うんですけど……。もともと長風呂なんです」

と、貴子は言いわけするように、「足を悪くして、ますます……」

「大丈夫です。ご心配なく」

と、晴美は言った。

片山は、足下で寝そべっているホームズの方をチラリと見た。

笹井にどう話したものか。――聞けば、妻の貴子もショックだろう。

「お嬢さんはもうおやすみですか」

と、晴美が訊《き》いた。

「いえ、今夜は友だちの家で一緒にレポートを書くと言って、泊りに行ってます」

「学生さんはいいですね」

「本当にちゃんと勉強してるんだかどうだか……」

と、貴子は苦笑した。

「彼氏とか……」

「付合ってる男の子はいます。でも——このところ、あんまり話が出ませんね」

と、初めて気付いた様子。「主人は、そういうこと、聞きたがらないんです。別に娘にボーイフレンドができても気にしないんですけど、勝手にしてろ、ってとこでしょうか」

「亜季子さん、でしたね」

と、片山が言った。「この間、久しぶりにお会いしました。すっかり大人になって」

「ああ、あの若い刑事さんのお葬式のときですね。帰って来てから片山さんのことを話していましたわ」

貴子は微笑んでそう言って、「——あ、出たようです」

と、立ち上って居間を出て行く。

「——どう切り出すかな」

「仕方ないわ。ストレートに、事務的に言う方がいい」

「そうだな」

と、片山は肯いた。

「——片山が？」

という笹井の声が聞こえた。「おい、ちょっと待っててくれ」

「ごゆっくり。急がないで下さい」

と、片山は返事をした。

十分ほどして、笹井は浴衣姿で現われた。

「——待たせたな」

「すみません、突然」

「いや、構わないさ。何か手掛かりはあったか？」

「いえ、今のところ……」

「運の強い奴だ。——おい、お茶をくれ」

と、笹井は貴子に言った。

「笹井さん……」

「もう一歩のところだったのにな」

と、笹井は息をついた。「それで——何の用だ？」

「実は——」

と、片山が言いかけたとき、居間の電話が鳴り出した。

笹井は苛々《いらいら》と、

「おい！ 出てくれ！」

と、貴子へ呼びかけた。

「はいはい」

貴子が小走りにやって来ると、受話器を上げた。「――笹井でございます。――どちら様で？」

貴子の顔がこわばった。

「あなた――」

「誰からだ？」

「金山って言ったわ」

片山も思わず腰を上げた。

「貸せ」

笹井は、貴子からコードレスの受話器を受け取った。

「もしもし」

「やあ、笹井さん」

金山の声だ。

「どこからだ？ 外だな」

「今日はありがとう。おかげでお袋に会えたよ」

笹井は片山たちの方へチラッと目をやった。

「そんなことを言うためにかけて来たのか」

「いや、俺はしばらく東京を離れる。一応、言っとこうと思ってね」

「どこへ逃げようと見付けてやる」

「もう弱味はつかまれてない、か？——しかし、あまり捜さない方がいいと思うよ」

と、金山は言った。

「どういう意味だ」

「俺は一人じゃない。連れがいるんだ」

「母親か」

「いいや。お袋なんか連れて行けるか」

「じゃ、女か」

「ああ。あんたのよく知ってる女さ」

「俺が？」

「あんたの娘さんだ。亜季子さんと一緒なんだ」

笹井は呆然《ぼうぜん》としていた。

「——おい、亜季子は？」

と、貴子の方へ訊く。

「お友だちの所に泊るって……」

「金山が——亜季子と一緒だと言ってる」

「そんな……」

「断っとくが」

と、金山が言った。「俺は誘拐して来たわけじゃないぜ。亜季子さんと俺は愛し合ってるんだ」

「何だと？」

「彼女の方が、どうしても一緒に来ると言って、出て来たんだ。あんたの娘にしちゃ、いい子だ」

「お前……」

「このところ、ずっとホテルであんたの娘を抱いてたよ。しかし、妙に気が合ってな」

「貴様！　ふざけるな！　娘を出せ！」

「諦《あきら》めろよ。あんたの娘は俺と一緒に暮すことを選んだんだ」

「亜季子が……貴様なんか好きになるもんか！」

「二人で楽しく暮すよ。ま、これが知れたらあんたも立場がないだろ？　あまり捜さないことだ」

「おい、金山！」

「じゃ、これで」

と、金山は言った。「亜季子さんのことは心配するな」

「待て！――おい！」

電話は切れた。

「あなた！　どういうことなの？」

「あいつ……。亜季子を捜せ！　でたらめかもしれん」

片山は晴美と顔を見合せた。

「――笹井さん、亜季子さんが金山と？」

「奴はそう言ってる」

「でも、まさか……」

貴子が、急いで亜季子の友人の所へ電話した。

「――笹井亜季子の母です。――どうも。あの、亜季子、今日そちらへお邪魔してますよね？」

貴子の顔から血の気がひいた。「じゃ、今夜そちらへは行ってない？――約束もなかったんですか……」

笹井は顔を真赤にして、

「金山の奴！　生かしちゃおかんぞ！　あいつ……」

「笹井さん」

晴美が立ち上って、「本当なら、二人でどこかへ行こうとしてます。駅や高速バスのターミナルに手配を」

「それはもう――」

「でも、二人連れですよ！　金山は一人じゃないんです。みんな男一人でいると思ってます」

しかし、笹井の耳にはもう晴美の言葉が届いていなかった。

「あいつ……。亜季子を……亜季子を……」

笹井の体が震えた。そして――突然、崩れるように笹井は床に倒れたのである。

一瞬誰もが立ちすくんでいた。

「ニャー！」

ホームズの鋭い鳴き声で、ハッと我に返ると、片山は、

「救急車を！」

と叫ぶように言った。「笹井さん！」

晴美が居間の電話へ飛びつく。

「あの……亜季子は……」

貴子が呆然としている。この状況について行けないのだ。

片山は笹井を抱き起こした。顔から血の気がひいている。

「笹井さん、しっかりして下さい！」

呼びかけにも全く反応しない。

「――すぐ救急車が来るわ」

と、晴美が受話器を置いて、「どう？」

「意識がない。――脈も弱い」

「私が診てるわ。急いで手配を。亜季子さんと金山はどこか遠くへ逃げる気だわ、きっと」

「分った。頼む」

片山は、そっと笹井の頭をカーペットの上に下ろした。

「奥さん、家の前で救急車を待ってて下さい」

と、晴美に言われて、

「あ……。ええ。――ええ、そうですね」

貴子はともかく言われた通りにフラフラと玄関の方へ出て行った。

片山はケータイで捜査本部へ連絡し、金山が若い娘と二人で逃亡していると告げた。

「――お兄さん」

「ああ……。こんなことになるとはな」

「金山の言うこと、本当だと思う?」

「分らないが……。金山がそんな嘘をつく理由もなさそうだ」

「それはそうね」

晴美は肯《うなず》いて、「金山はごく普通のサラリーマンの格好だった。せめて亜季子さんの服装が分れば……」

「そうか！　訊《き》いて来る」

片山は居間から駆け出して行った。

残った晴美は、笹井が苦しげに息をつくのを聞きながら、

「どうなっちゃうのかしらね……」

と、ホームズの方へ言った。「亜季子さんが本当に……」

「ニャー……」

ホームズは、倒れた笹井の傍に座って、静かにひと声鳴いた。

それはまるで、「なるようにしかならないよ」とでも言っているかのように、晴美には聞こえた。

やがて救急車のサイレンが遠くに聞こえて来た……。

10 長い沈黙

「失礼します……」

晴美は病室のドアをそっと開けた。

ベッドの傍の椅子でウトウトしていた貴子はフッと目を開け、

「あら……。晴美さん」

と、微笑んだ。「わざわざどうも」

「いいえ。――しばらく伺えなかったものですから」

晴美は静かにドアを閉めて、「どうですか、具合は？」

「ええ……。相変らずで」

と、貴子はベッドで眠っている夫の方へ目をやった。「時々、目を開けて、何かを捜すように見回すんです。そういうときは、少し意識があるようなんですけど」

「そうですか」

「話しかけてみますが、分ってはいないようです」

貴子はそう言って、「おかけになって。お茶でもいれますわ」

「いえ、お構いなく。奥さん、座ってらして下さい」

「少し動いた方がいいんです」

貴子は小走りに病室を出て行った。

晴美は椅子に腰をおろすと、ちょっとため息をついて、眠り続ける笹井を見つめた。

笹井の容態に変化がないことは分っていた。何かあれば片山にも連絡が来るはずだ。

晴美が見舞に訪れたのは、むしろ妻の貴子のことが心配だったからである。

「老けたわ……」

と、晴美は呟《つぶや》いた。

もともと、五十代初めという年齢の割には老けていた貴子だが、夫の入院と、娘の失踪《しっそう》が重なって、さらに老け込んだ。

片山の同僚がここへ来て、

「奥さん、どこか具合悪いんじゃないか」

と話していたと聞き、晴美はやって来たのだった。

想像以上だった。

貴子の髪はほとんど真白になって、目の下のくまは消えることのない疲労そのものだった。

体そのものもやせて、枯れた様子が痛々しい。

「——わざわざ来ていただいたのに、お菓子一つなくて」

戻って来た貴子は、ポットのお湯でお茶をいれて晴美に出した。

「どうも……」

晴美は手さげの紙袋をそっと渡して、「大したものじゃないんですけど、お疲れのとき甘いものでもつまんでいただこうと思って……」

「まあ、すみません」

貴子は頭を下げて、「お菓子なんか、自分一人で食べると思うと、買う気になれなくて」

「そうでしょうね」

「あの子は……。亜季子は甘いものなんか食べられてるのかしら。どこでどうして……。大体、生きているのかどうか……」

貴子はハラハラと涙をこぼした。

「お気持は分ります。でも、ご自分の体にも気を付けないと、もし亜季子さんが戻って来ても、寝込んでいることになりますよ」

「ええ……。そうですね」

貴子は小さく肯いた。「気をつかっていただいて……。でも、あの子はもう生きていませんわ、きっと」

「奥さん……」

「生きていれば、手紙の一つぐらい、出して来ます。あの子はきっと金山に騙《だま》されて連れ出され、どこかの寂しい山の中ででも殺されたんです……」

「そんなことを考えないで下さい」

と、晴美は言った。「奥さんが希望を捨ててしまったら、誰も亜季子さんを連れ戻すことはできません」

「ええ……。すみません。ここに一人でいると、つい悪いことばかり考えてしまいます」

と、貴子は涙を拭《ぬぐ》った。

「あくまで望みを捨てないで下さい。ご主人のことも、亜季子さんのことも」

「はい……。ありがとうございます」

と、貴子は顔を伏せた。

――病室を出ると、晴美は、

「お待たせ」

と、日なたで座っていたホームズに声をかけた。「相変らずだわ、笹井さんは」

晴美とホームズは、ゆっくりと歩き出した。

ああは言ったものの……。

晴美も亜季子が生きているかどうか、確信などはない。

亜季子が、ほんの身の回りの物だけ持って家を出てから、すでに一年たとうとしている。

その間、むろん金山を捜して、刑事たちは方々へ足を伸した。亜季子の写真も〈行方不明者〉として貼り出された。

しかし、亜季子の家出は、あくまで「一人きりのもの」とされていた。

金山を追う刑事の娘が、金山と駆け落ちしたとは、公表できなかったのである。

笹井は脳出血を起して意識がなく、片山たちが知りたかったこと——なぜ金山に母親のことを教えたかについても、事情は分らないままだった。

金山と亜季子の行方も全くつかめないまま、日々は過ぎて行ったのである……。

「私のケータイ？」

晴美は足を止めて、バッグからケータイを取り出した。「——もしもし」

「晴美さん！　石津です」

「あら、どうしたの？」

「今、大丈夫ですか」

「ええ、外だけど別に。——何か？」

「実は……。片山さんあてに女の声で電話がかかって来たんです。捜査一課に」

「誰から？」

「それが、いくら名前を訊いても言わなくて。片山さんは出ていたんで、そう言うと、

『妹さんに電話したいんですけど』って言うんです」

「私に？」

「ええ。『とても大事な用で』って、くり返し言って。——何だか、あんまり真剣なもので、晴美さんのケータイ番号、教えちゃったんです。すみません！」

「いいわよ。じゃ、これにかかって来るのね？」

「ええ、たぶん」

「分ったわ。ともかく出てみる」

「すみません」

石津はくり返し謝ってから切った。

「誰かしらね」

と、晴美がホームズの方へ言うと、すぐにケータイが鳴った。「これね、きっと。——はい」

「あの……」

と、女の声で、「片山さんですか」

「片山晴美ですけど。どなた？」

それきり、向うは長いこと黙っていた。

晴美の中に、ある予感がふくれ上って来た。

何の根拠もないが、しかし、もしや……。

「もしもし」

と、晴美は呼びかけた。「もしかして、亜季子さん？」

息を呑《の》む気配がした。

「亜季子さんなの？　お願い、答えて」

さらにやや沈黙があってから、

「はい、亜季子です」

という声が聞こえた。

「亜季子さん！　良かった！　生きてたのね」

「すみません、突然――」

「そんなこといいのよ。確か、若原さんのお葬式のとき、ちょっと会ったわね。あなたがお父さんを車で迎えに来て……」

「はい。――猫ちゃんがいましたね。ホームズでしたっけ」

「ここにもいるわ。ちょっと待ってね」

晴美はかがみこむと、ホームズの口もとへケータイをもって行った。ホームズが一声高く、

「ニャー！」

と鳴いた。

「もしもし、聞こえた？」

「はい、聞こえました」

亜季子の声から緊張が消えて、笑いを含んだ声音になっている。

「亜季子さん――」

「お願いがあるんです」

「言ってみて」

今は、あれこれ問い詰めない方がいい。細い糸一本でつながっているようなものなのだ。

「会いに来ていただけませんか」

「私が？」

「片山さんは刑事さんでしょ。いい人だけど、立場があると思うんで。すみませんけど、晴美さん一人で来ていただけませんか」

「私一人？　お母様とか……」

「いえ、父や母には言わないで下さい！　お願いです」

晴美は迷った。

しかし、今は亜季子の気持を第一にするしかない。金山のことも二の次だ。

「分ったわ。どこへでも行く。ただ、猫一匹、連れてってもいい？」

「どうぞ」

ホッとしたように、亜季子は言った。

「それで、どこに隠れてるの？　ブラジルのジャングルの中？　それともサハラ砂漠かな」

「それほど遠くありません」

と、亜季子は笑って言った。

その笑い声を聞いて、晴美はホッとしたのだった……。


「旅行？」

と、片山は言った。「そんなに急に？」

「ごめんなさい。昔の友だちにね、急に会わなきゃいけなくて」

と、晴美は言った。「今、もうアパートを出てるの」

兄のケータイへかけていた。

「分った。長くなるのか？」

「そんなことないわ。二、三日で帰る。また連絡するから」

「じゃ、気を付けてな」

「うん。ホームズも連れて行くから」

「ホームズと駆け落ちはないだろうな」

片山は冗談で言っているのだが、晴美の方はちょっとドキッとした。

「あ、タクシーが来た。じゃあね」

と、通話を切って、ホッと息をつく。「お兄さん相手でも、嘘をつくっていやなもんね、ホームズ」

「ニャン」

と、ホームズは答えた。

「さ、入って」

晴美のショルダーバッグにスッポリ納まると、ホームズは呑気《のんき》に大欠伸《おおあくび》している。

タクシーを停めて、東京駅へと向う。

――これで良かったのだろうか？

晴美の中の迷いは消えない。

確かに、亜季子と約束はした。兄にも言わない。亜季子の両親にも話さないと。

しかし――亜季子は金山と一緒にいるのだ。

もし、金山が晴美を人質にでもして、どこかへ逃げるつもりだったら？　それとも、お金を要求して来るか……。

「そんなことないわね」

亜季子の口調には、晴美の同情を買って、騙《だま》してやろうという気配はみじんも感じられなかった。

晴美はその自分の直感に賭《か》けてみることにしたのだ。

といって、金山が一緒にいたらどうしたらいいのか。晴美も金山とあの神社で顔を合せている。

「ともかく会ってみましょ、亜季子さんに」

と、思い切ったように言う。「すべてはそれから」

そう……。何が起るか、晴美にも見当がつかない。

「ホームズ、頼りにしてるよ」

と、話しかけると、ホームズは我関せず、という表情でそっぽを向いたのだった……。

11　二人

意外に近かった。

列車を乗り継いで、約五時間ほど。

その駅で降りると、もう辺りは暗くなりかけていた。

さびれた感じの駅前である。一応商店街らしきものがあり、〈お土産物〉の店も何軒かあるが、シャッターの下りた店も少なくない。

温泉町とはいうものの、大きな旅館は目につかず、浴衣姿で歩く観光客も見当らない。

「ええと……。〈紅葉荘〉だったわね」

亜季子に、そこへ泊ってくれと言われている。

少し歩くと見付かった。

名前とは違って、どう考えても紅葉が見えるとは思えなかった。少しゴミゴミとした、バーや飲み屋の並ぶ通りの入口にある。

予約などしていないが、およそ一杯になることなどないのだろう。

「いらっしゃいませ」

何だか元気のない女将《おかみ》が出て来て、「お一人様ですね……」

と、眠そうな声で言った。

――通された部屋は、そうひどくもないが、かなり古びて、手入れをしていないことが一目で分る。

「お茶をお持ちしますので……」

と言って、女性は出て行った。

畳の上に置いたバッグから、ホームズがスルリと出て来て、ギュッと手足を伸した。

「窮屈だった？　お疲れさま」

と、晴美は微笑んで、「さて、ここにいれば亜季子さんが連絡して来るってことだけど……」

と呟《つぶや》いていると、

「失礼いたします」

と、声がした。「お茶をお持ちしました」

「はい、どうも」

と、晴美は言った。

「いらっしゃいませ」

和服姿のその仲居は、正座して頭を下げたが、「――お待ちしてました、晴美さん」

「まあ！」

仲居は、亜季子その人だったのである。

「ここで仲居をしてるんです」

と、亜季子はポットと急須《きゅうす》を机の上に置いた。

「そう……。でも、元気そうで、ホッとしたわ」

亜季子は以前見たときの印象より、心もちやせて見えたが、それは和風の髪型のせいかもしれなかった。

「わざわざ来ていただいて、すみません」

と、亜季子は言った。

「それはいいんだけど……。お母様にはせめて電話でもしてあげて。あなたが生きていないと思って、毎日泣き暮してらっしゃるわ」

「考えはするんですけど……。でも、自分のしたことを考えると……」

「それは――」

と言いかけて、ハッとする。

ホームズが亜季子のそばへ寄ると、穏やかに見上げた。

「いいわね、あなたは。やさしい飼主がいて……」

「亜季子さん。あなた、もしかして……」

「はい。妊娠しています。今六か月で……」

「あの……父親は……」

金山の子か。そんなことが——。

「加瀬さんです、もちろん」

と、亜季子は言った。

「——加瀬？」

「ああ、そうですよね。誰にも言ったことないから、彼の名前。加瀬というんです。一緒に東京から出て来ました」

「そう……」

加瀬。——金山ではなかったのだ！

晴美はその名前を聞いて安堵《あんど》してしまっていた。

金山はどうしてか、亜季子がその加瀬という男と駆け落ちするのを知って、自分が相手だと笹井にでたらめを言った……。

「二人で暮していくのは大変です」

と、亜季子は言った。「でも、少しずつ、お料理もお洗濯も、上手になりました。彼はとても器用で、お料理もよく作ってくれるし」

「今、どこに住んでるの？」

「この近くのアパートです。私が夜九時まで、彼が十一時までの仕事なので」

「その——加瀬さんもこの旅館で？」

「いいえ、この通りのバーで。二人とも朝は遅いんです」

亜季子はそう言って、「すみません。今、仕事中なので。——お食事をお持ちしますね。あんまりおいしくありませんけど」

「急がないで」

「せっかくおいでになったんですから、温泉に浸《つか》ってって下さい。お湯はとてもいいですよ」

亜季子は、いかにも慣れた、てきぱきとした動きで、「では後ほど」

と、出て行った。

「驚いた！」

と、晴美は息をついた。「でも、相手が金山じゃなくて良かった！」

ホームズは黙って部屋の戸口の方を見ていた……。

亜季子の仕事が終る九時までは、ゆっくり話していられないので、晴美は大浴場でのんびりお湯に浸り、部屋へ戻って食事をとった。

──確かに、大した食事ではなかった。

食事が終るころから、何だか急に旅館の中が騒がしくなった。

「──お邪魔します」

と、亜季子が入って来て、「お布団、敷かせていただいてよろしいですか」

「いいわ。私がやるわよ」

「いえ、でも──」

「大丈夫。自分でやるって」

「すみません。急に団体さんが──」

「そんなこと、あるの？」

「よその旅館で予約がダブってたんです。それでうちへ回って来て」

「お客が来るのはいいでしょうけどね」

「でも夕食の材料など、今から揃えないと。大変です、台所も」

「ああ、なるほどね」

「九時に終りそうもありません。よろしいですか？」

「ええ、手の空いたときに声をかけて」

「すみません」

亜季子は一礼して出て行った。

「じゃ、布団敷こうか」

晴美は布団を出して敷いた。ホームズは座布団で寝るのがちょうどいい。

「——これじゃ、今夜はもう大浴場へ行かない方が良さそうね」

「ニャー」

「あ、そうか。男ばっかりかな、お客」

聞こえて来る声は男ばかり。——それなら女湯は混まない。

晴美は布団に寝そべってTVなど見ていたが、眠くなって来て、

「もう一回入って来るか」

と、起き上った。

浴衣姿にタオルをつかんで、

「猫は温泉に入れなくて残念ね」

「ニャー」

「じゃ、ちょっと行って来るね」

晴美は大浴場へと向った。

途中、夕食の膳《ぜん》を両手に、汗をかきながら小走りに廊下を行く亜季子を見かけた。

「すっかりベテランね」

と、晴美は呟いた。

亜季子がなぜ晴美を呼んだのか、それはまだ分らない。

晴美としては、早く兄や亜季子の母親へ知らせてやりたいが、亜季子の話を聞いてからでないと……。

「——あ、いけない」

髪をまとめておくゴムバンドを忘れて来た。

一旦《いったん》髪が濡《ぬ》れると面倒である。

部屋へ一度戻って、また出ようとすると、ケータイが鳴り出した。

「お兄さんだ。——もしもし」

「どこにいるんだ、今？」

と、片山が訊《き》いた。

「うん、温泉旅館」

「何だ？　要するに遊びか」

「それがね、ここで誰が働いてると思う？」

「働いてる？」

「そう。——あの亜季子さん」

つい、言ってしまった。

「——笹井さんの娘？」

「ええ、そうなの」

「じゃ、金山も――」

「それがね、駆け落ちした相手は別の男だったの」

「何だって？」

「まだ当人から詳しいことは聞いてないの。聞いてから連絡する」

「待てよ！　どこの温泉だ？」

片山の所で話を止めておけばいいだろう、と晴美は旅館の名前も教えた。

「これからひと風呂《ふろ》浴びて来るわ。じゃあね！」

晴美はいささか浮かれていた。

――女湯は数人の客しかいなくて、ゆったりと入れた。

少しのんびりして、ロビーで一息ついていると、例の団体だろう、アルコールが入って大声で騒いでいる。

「いやね、酔っ払いは」

と、ひとり言を言っていると、酔って、浴衣の前をだらしなくはだけた男がフラフラとロビーへ出て来た。

「おい！――誰かいねえのか！」

と、ロビーでわめき出す。「女はいねえのか！　サービスがなってねえぞ！」

旅館の従業員も、出て来ない。

晴美が部屋へ戻ろうとして、

「失礼します」

と、その酔った男の傍を通ろうとすると、

「おい、姉ちゃん！」

と、晴美の腕をいきなりつかんだのである。

「何するんですか！」

「可愛いじゃねえか。——な、俺たちの部屋に来て、酒注いでくれよ」

「やめて下さい。私、客なんですけど」

「何だっていいや！　ちょっと付合えよ！　いいだろ？」

「お断りします」

晴美は男の手を振り払って、スタスタと歩き出した。

「待てよ！　おい！」

男がいきなり背後から抱きついて来た。

「やめて！——離して！」

と、晴美はもがいたが、相手は力が強く、振り離せない。

「いいじゃねえか！　可愛がってやるよ！」

と、酒くさい息を吐きかけて来る。

そこへ。

「いてっ！」

男が足を抱えてよろけると、尻《しり》もちをついた。

「ホームズ、ありがとう！」

ホームズが、酔った男の足に思い切り爪を立てたのである。

「何しやがる！　ただじゃおかねえぞ！」

と、男は立ち上ると、ヨロヨロとやって来た。

そのとき、

「いい加減にしなさい」

と、声がして、酔っ払いの体は、二、三回転して玄関まで転って行った。

「大丈夫ですか？」

と、その男は言った。

「ええ、どうも……」

「酒ぐせの悪いのは、始末におえませんね」

ジャンパーをはおったその男は、「旅館の人も、ちゃんと見てなきゃ」

と、苦々しい口調で、

「いくら客でも、マナーってものがありますからね」

——晴美は一気に体が冷えていくように感じた。

男は、ふと足下のホームズに目をやった。そして——もう一度晴美を見た。

「あんたは……」

金山だ！——あの神社の前で、ホームズと一緒に顔を合せている。

「確か、刑事の妹と……」

そのとき、

「あ、もう終ったの？」

と、声がして、亜季子がやって来た。

「やあ……」

「急な団体で、大忙し。少し待ってね。先に帰ってる？」

「いや……」

「片山さん。加瀬です」

と、亜季子は彼の腕につかまった。

その幸せそうな笑顔を見ると、晴美も思わず笑顔を作って、

「初めまして」

と言っていた。「片山晴美と申します。これはホームズ」

「凄《すご》く利口な猫なのよ」

と、亜季子は言った。「晴美さんのお兄さんは昔、私がまだ中学生のころから知ってるの」

「そうか」

と、金山は言った。「わざわざこんな遠くまで、亜季子のためにお出かけいただいて申しわけありません」

「いえ、そんなこと」

金山が加瀬と名のって、亜季子と付合っていたのか！

では亜季子は、加瀬の正体を知らないのだ。

「晴美さんに、ぜひ相談にのっていただきたいことがあって」

と、亜季子は言った。「私の——体のことも、やっぱり女の人の方が分ってくれると思ったの」

「あんまりご無理言っちゃいけないぜ」

と、金山が亜季子の肩を抱く。

「あ、ビール運ばないと！」

と、亜季子はあわてて金山から離れた。

「大丈夫か？　手伝おうか？」

と、金山が訊《き》く。

「平気よ。毎晩やってるんだもの。じゃ、待っててね！　すみません、晴美さん！」

「急がなくていいわよ」

亜季子はバタバタと廊下を小走りに駆けて行った。

――晴美は金山と真直ぐに向き合った。

「あら、加瀬さん」

女将《おかみ》がせかせかとやって来る。

「どうも、いつもお世話に」

「奥さん、ごめんなさい。急に団体さんが飛び込んじゃってね」

「ご繁盛で結構です」

「あと三十分もすれば宴会、終ると思うの。そしたら帰ってもらうから」

「こちらで待たせていただいても？」

「ええ、もちろんよ。何ならひと風呂浴びたら？」

「いえ、それは……」

「本当に奥さん、よく働いてくれるんで助かるわ。若くて可愛いし。奥さん目当てにまた来るってお客もいるのよ」

「お役に立てば幸いで」

「でも、大事にね。初めての赤ちゃんだから」

「ありがとうございます」

「じゃ、失礼」

女将も、何だかやけに張り切っている。

――金山と晴美は、ロビーのソファに何となく腰をおろした。

「――驚いたわ」

と、晴美は言った。

「こっちもだよ」

金山は、ちょっと笑みを浮かべて、「友だちを呼んだと言うから、大学の友だちかと思った」

「金山さん――」

「待ってくれ」

と遮って、「あいつの前じゃ、『加瀬』と呼んでくれないか」

「でも――」

「いずれ知れる。それは分ってる。しかし、今、あいつは身ごもってるんだ。ショックでどうかなると……」

晴美はゆっくりと息をついた。

「分ったわ。とりあえず今日のところはそうしましょう。でも、協力しろと言われても」

「そんな図々《ずうずう》しいことは頼まない」

　と、金山は言った。

「どうするつもり？」

「さあ……。あんたを殺したりはしないよ。安心してくれ」

「安心なんて……」

「そうだろうな。何といっても、俺は殺人犯だ。しかし……この一年で、俺は変ったんだ。本当だぜ」

　ホームズは晴美の足下に座って、静かに金山を見上げている。

「あなたがかけた電話で、笹井さんは大変なショックを受けて……」

「そうだろうな」

　金山は真顔で肯《うなず》いた。「初め、亜季子を誘惑したことは、笹井へのつら当てだった。逃げるとき、どうしてもついて来ると言う亜季子に、それも何より笹井にとって屈辱だろうと思った」

「それからずっと？」

「どうせ、わがまま一杯に育った娘だ。すぐ帰りたいと言って泣き出すと思った。そしたら、どこか田舎町のバス停にでも放り出してやろうと思ってた」

金山は静かな口調で、「ところが、この街で一旦《いったん》アパートを借りて落ちつくと、亜季子は本当に懸命になって主婦業をこなそうとした。この旅館の仲居の仕事を見付けたのも亜季子自身なんだ。――俺は、見付かる危険も大きいから、腰を落ちつける気はなかったんだが、俺が何もしないで遊んでいても、亜季子は文句一つ言わないで、仲居をして毎日遅く帰ってから夕食の仕度をし、翌日起きると掃除や洗濯をする。俺もその内、亜季子が可哀そうになって、今のバーで働くことにした」

　金山はフッと口もとに笑みを浮かべ、

「夜、帰って来た亜季子に、『明日から働くことにした』と言ったとき、あいつは座り込んで嬉《うれ》し泣きに泣いた……。今でも忘れられない」

「あなたのことが、本当に好きなのね」

「今でも、稼ぎは亜季子の方が上だ。仲居としても、あの若さでチーフなんだ。――俺の知らない内に、客からもらうチップなどを貯めていたらしい」

「しっかり者ね」

「ああ、意外だろ？　俺も段々、二人の暮しが気に入って来た。そんなとき――あいつは妊娠したんだ」

「初めから産むと決めてたの？」

「あいつが、そりゃあ嬉しそうでさ。俺はもちろん迷った。だが、堕《お》ろすとか、そんな話のできる雰囲気じゃないんだ。——亜季子が幸せそうでいることが、今の俺には楽しい」

——金山の話は、嘘ではないだろう、と晴美は思った。

せっせと立ち働く亜季子の姿には、辛《つら》い生活を耐えているような無理がない。

しかし、いずれにしても二人の平和な暮しも、これで終らざるを得ない。

「——亜季子には何の罪もない」

と、金山が言った。「その点は分ってくれよな」

晴美は肯いた。

「——もうちょっと待ってね！」

廊下を急ぐ亜季子が、夫に向って声をかけて行った。

「罪なことをしましたね、金山さん」

と、晴美は言った……。

12　突発事

「散らかってるけど……」

と、玄関を上って、明りを点《つ》けると、中沢江里は言った。「上って。濡《ぬ》れたでしょ」

「じゃあ……。お邪魔します」

片山はおずおずと入って言った。

「さ、上って。——上着、脱いでね。乾かさないと」

突然の雨で、タクシーを拾うまでの間に、片山はいい加減濡れてしまっていた。

「すぐお茶でも——。コーヒー？」

「あ、いえ……。じゃ、できればコーヒーを……」

「はい。それくらい、このアパートにもあるのよ」

中沢江里は笑って、「何もないと思ってた？」

「いや、そんなことないけど」

「座って。——狭いけど」

片山は、食事用のテーブルについた。

「ソファセットも置きたいんだけど、1DKじゃね」

と、江里は言った。「ちょっとごめんなさい。着替えていい？」

「どうぞ」

「じゃ……」

江里は仕切りの襖《ふすま》を閉めた。

片山は、少々落ちつかない気分で、部屋の中を見回した。

きれいに片付いている。——ここへ寄るつもりはなかったのだから、いつもこうなのだろう。

「——お腹空《す》いてる？」

と、襖越しに江里の声がした。「出前でも取りましょうか」

「いや……僕はまあ……どっちでも」

夕飯を早くとって、コンサートへ行ったので、確かに少しお腹は空いていた。

「私、ペコペコ。サラダばっかり食べてたらお腹空いちゃった」

江里がセーターにジーンズで出て来た。

「じゃ、何か食べよう」

「ご飯の方がいい？　ピザ？」

「君の好きでいいよ」

「あなたの好きなもの、言って」

「じゃあ……カツ丼でも」

「ＴＶの刑事物みたい」

と、江里は笑った。

――死んだ若原の婚約者だった中沢江里との付合いは、この半年ほどのことだった。

といっても、忙しい身で、月に一、二度、会えるかどうかである。

若原の一周忌が済んで、片山は少し気持を楽に、江里と会えるようになった。

「じき来るわ。すぐ近くのおソバ屋さんなの」

江里はお湯を沸かして、コーヒーをドリップで落とした。

「晴美さん、温泉？」

「ああ、そうらしい。黙ってとんでもないことをやるから、ハラハラするよ」

と、片山は苦笑した。

しかし、笹井亜季子が見付かったと聞いて、片山はずいぶん気が楽になった。

何といっても、あの子の家出で、笹井は倒れたのだ。

「でも、しっかりした妹さんじゃない」

「ああ、年齢の割にはね」

　二人はコーヒーを飲んで、少し黙っていたが、

「――片山さん」

　と、江里は言った。「晴美さん、私のこと、何か言ってる？」

「晴美が？――いや、一応付合ってることは知ってるけど……」

「私、嫌われてるかしら？　大切なお兄さんですものね」

「そういう奴じゃないよ」

　と、片山は首を振って、「大丈夫。心配しなくても」

「そうかしら……」

　話があまり進まない内に、出前が来た。

「熱い内にいただきましょ」

　二人は、狭いダイニングで一緒に丼物《どんぶりもの》を食べた。

　――片山は、中沢江里と会っていると、あまり緊張しないでいられた。

　いやむしろホッとして気が休まるのだ。珍しいことだった。

「おいしかった」

　と、江里は息をついて、「熱い内だと、何とか食べられるの」

　江里は器を洗って、玄関の外へ出した。

「――まだ降ってるわね、外」

と、中へ戻って江里は言った。「もう少しゆっくりして行く？」

「そうだね。急いで帰る必要もないし……」

「じゃあ……泊って行く？」

そう言って、江里は頰を染めた。

「でも……」

「無理しないでね」

と、江里は急いで言った。「私はどっちでも……」

「うん……」

「ともかく——奥で足を伸して」

畳の六畳間で、片山と江里はのんびりと寝そべった。

江里は片山の胸に頭をのせて、軽く目を閉じた……。

「眠っちゃいそうだ」

と、片山は欠伸《あくび》した。

「眠る前に、キスぐらいしてね」

江里は顔を上げ、片山の唇に唇を重ねた。

「——ねえ。本当に泊っていかない？」

「いいよ、泊っても」

「じゃ、お風呂《ふろ》にお湯入れるわ!」

と言った。

江里はパッと顔を輝かせて起き上ると、「じゃ、お風呂《ふろ》にお湯入れるわ!」


「本当?」


そのとき、片山のポケットでケータイが鳴った。

「誰だ?――もしもし」

と、起き上って出ると、

「片山さん、良かった! もうお宅ですか?」

石津刑事の声がした。

「いや、外だけど……どうした?」

「あの――今、捜査一課に電話があって」

「何かあったのか」

「笹井さんの奥さんが……」

「奥さん?」

「ええ。病院の看護師さんが電話して来たんです」

「奥さんが倒れたのか?」

「それが――屋上から飛び下りようとしてるそうなんで」

「何だって?」

片山は立ち上っていた。

「――石津！」

片山は病院の夜間救急出入口に駆けつけると、「どうなった？」

「まだ上です」

と、石津は言った。「近付くと飛び下りそうで」

「行ってみよう」

エレベーターで屋上まで上ると、風が強く吹きつけて来る。

冷たい風である。この風に長くさらされているだけでも、辛《つら》い。

「――刺激しないように、照明は当てていません」

「それでいい」

片山はコートを脱いで石津に渡すと、「ともかく話して来る」

暗い屋上をゆっくり歩いて行くと、胸まである手すりの外側に、貴子が立っているのが見えた。

片山は、びっくりさせないように、予《あらかじ》めちょっと咳払《せきばら》いした。

「どなた？」

と、貴子が言った。

「片山です」

「ああ……。片山さん」

「お疲れでしょ、手を貸して下さい。僕が支えますよ」

「片山さん……。親切にしていただいて、ありがとう」

と、貴子は言った。「私……くたびれてしまったの」

「分ります」

と、片山は言った。「でも、ご主人も亜季子さんも、亡くなったわけじゃありませんよ」

「同じことだわ。夫はもう二度と目を覚まさない。亜季子は、どこかの山奥で一人、寂しく死んでるんです。私には分ってるんです」

「でも、奥さん……」

「放っておいて。死なせて下さい。誰も悲しみはしません……」

貴子の口調は、本当に生気が失われていた。

片山は迷った。しかし……。今は正に緊急の事態である。

「でも、奥さん」

と、片山は言った。「よりによって、亜季子さんの居場所が分った日に死ななくても……」

「放っといて下さいな」

と、貴子は言って、「――今、何ておっしゃったの？」

「亜季子さんと会ったんです、うちの妹が」

貴子は片山の方を振り返って、

「そんなでたらめを……」

「本当ですよ。――晴美が泊った温泉旅館で、バッタリ！」

「旅館？」

「亜季子さん、そこで仲居さんをして働いてるそうです」

「あの子が……仲居？」

「ええ。晴美もびっくりしたそうですよ。とてもテキパキとして、もうすっかりベテランの仲居さんだそうで」

片山も、晴美から、亜季子が仲居をしていることは聞いたが、それ以上は創作だった。

「そんなこと……。嘘でしょ？　私に思い止《とど》まらせるための……」

「本当です！　お知らせしようとしてたところなんですよ」

「でも……」

「もし嘘なら、僕をこの屋上から突き落としてもいいですよ」

「片山さん……。じゃ、そこへすぐ連れてって下さる？」

「ええ。すぐ車で出ましょう。夜っぴて走らせたら、明日には着くでしょう」

「本当なの？　亜季子が……」

貴子は涙声になっていた。——危い！

「石津！」

と、片山は呼んだ。「奥さんを中へ！」

石津が駆けつけると、貴子を抱え上げて、手すりの内側へ下ろした。

片山は息をついた。——高い所は苦手だ。

こういう状況だけで足が震える。

看護師が数人、バラバラと駆けて来て、

「奥さん！　良かったわ、無事で！」

と、両側から支えて立たせた。

「待って……。片山さん」

「奥さん——」

「あれは嘘なのね？　亜季子のこと」

「本当です」

貴子は息を呑《の》んで、

「本当に？　本当にあの子が仲居をして働いてる？」

「そこに晴美は泊ってるんです」

「そんなことが……。ああ！　夢のようだわ！」

貴子は、看護師の手を振り払うと、片山の方へ駆け寄って、「連れて行って！　すぐに私を連れて行って！」

と、その腕をつかんだ。

「待って下さい。——少し休まないと。明日、朝になってからにしましょう」

「そんな……。やっぱりでたらめなのね！」

「いえ、本当ですってば！」

「じゃ、すぐに連れてって！　そうでないと、また飛び下りるから！」

「脅迫しないで下さいよ」

と、片山はしかめっつらをして、「じゃ、車の手配をしますから、それまで休んでいて下さい」

「五分でね」

「五分？　一時間くらいはかかりますよ」

「三十分！」

貴子の、片山の腕をつかむ手の力は痛いほどだった。

「分りました！　三十分ですね。急に元気になりましたね」

「当り前でしょ！」

と、貴子は飛び上らんばかりのはしゃぎようだった……。

「ごめんなさい、待たせて」

と、亜季子が和服からセーターとスカートに着替えてロビーへやって来た。

「もういいのかい？」

と、金山が立ち上った。

「ええ。後は片付けるだけ。——疲れたわ！」

亜季子は金山に抱きついて、素早くキスした。

晴美は何とも言いようがなかった。

「——あらあら」

女将《おかみ》がやって来て、「お熱いことね」

と、からかう。

「じゃ、失礼します」

「ちょっと待って。帰ってからご飯でしょ？　あのね、頑張ってくれたから、食事、用意してもらったわ。台所で食べて」

「でも……」

「ご主人の分もあるわよ」

「すみません！」

亜季子はニッコリ笑って、「じゃ、いただきましょうよ。ね？」

「ああ、しかし……」

「私なら部屋にいるわ」

と、晴美は言った。「今夜はもう遅いわね」

「いえ、もしよければ……」

「じゃ、食事がすんだら呼んで」

「はい！　お願いします」

亜季子が金山の腕を取って、行ってしまうと、晴美は息をついて、

「どうしよう……」

と呟《つぶや》いた。

金山のことを、すぐ警察へ連絡して、逮捕してもらう。それが正しいだろう。

一晩でも待てば、その間に金山は逃亡してしまうかもしれない。

しかし、――晴美は、あの亜季子の幸せそうな顔を見ていると、ついためらってしまうのだった。

金山がどう心を入れかえようと、罪は罪だ。

ただ、今、亜季子を幸せにしている「夫」であることも事実だ。

「困ったね、ホームズ」

と、晴美は言った。「どうしたらいいと思う？」

ホームズもおっとりと鳴いた。

そう。――すぐ通報する方を選んではいないようだ。

仕方ない。

ともかく、一旦《いったん》部屋へ戻っていよう。

晴美はホームズと二人、部屋へ向った。

晴美は部屋へ戻って、兄へ連絡しようか、どうしようかと迷っていた。

もちろん、連絡するべきだろう。金山を見付けたことを。

片山はすぐに県警へ連絡して、金山を逮捕させるに違いない。それが、片山として当然の処置だ。

しかし――晴美には、あの亜季子の笑顔、金山を加瀬という男だと信じて、心から慕っているさまが、忘れられない。

金山の方も分っているだろう。晴美に見付かった以上、ここで亜季子と暮してはいられない。

では、どうするのか……。

晴美は何度もケータイを手に取り、片山へかけようとしてはやめた。

——十五分ほどして、

「失礼します」

と、亜季子が顔を出した。

「亜季子さん——」

「……晴美さん、お話、明日でもいいですか？」

「明日？」

「ええ。——すみません。お待たせしておいて……」

「いえ、いいわよ。じゃあ……」

「おやすみなさい」

亜季子は一礼して出て行った。

「どうしよう……」

晴美はため息をついた。

話は明日に、ということは——。今夜の内に金山たちがこの町から逃げ出すという意味じゃないのか。

それなら、やっぱり今すぐ金山を逮捕するべきだろう。そうするべきだ……。

でも、結局、晴美はそうしなかった。

ホームズも、せかす様子はなかったのである。

後で片山がどう思うかはともかく、晴美はあの亜季子のアパートに警官が踏み込んで彼女の目の前で金山を逮捕する、いや万一のときは射殺するということには、なってほしくなかったのだ。

「仕方ないわね……」

晴美は布団へ潜り込んで呟いた。「なるようになれ！」

ホームズが、その布団の上にドッカと横たわった……。

「——あの人に何の話があるんだ？」

と、加瀬に訊《き》かれて、亜季子は、

「うん、ちょっとね……。内緒」

「俺たちの間で隠しごとか？」

「いいじゃない。夫婦にも秘密は必要よ。あなた、いつもそう言ってるわ」

——加瀬と二人、旅館の大浴場を使わせてもらって来た。

まだ体に温さが残っている。

その間に——。亜季子は布団へ潜り込んだ。

「今日はくたびれた！　ずいぶん働いたわ」

「ああ……」

「ちょっと――何してるの？」

加瀬がこっちの布団へ入って来るので、「今日は疲れたって言ったわ」

「疲れついでだ」

「そんな……」

と笑って、でも加瀬の手がパジャマの前を開いて胸を探るのを止めはしなかった。

「あなた……。そっとね」

「ああ。分ってる」

しかし、加瀬はいつになく亜季子の体に没頭した。

やがて亜季子も興奮の渦に呑《の》まれて、加瀬にしっかりとしがみつき、抱き寄せた。

二人の肌の熱さが、寒い部屋の中を暖めさえするようだった……。

「ああ……。久しぶりね！」

亜季子は息を弾ませて、「どうしたの？　やけに元気で」

「今夜を忘れられない夜にしたかったのさ」

と、加瀬は言った。

「何かの記念日？」

「毎日が記念日だよ」

加瀬がもう一度亜季子の胸に顔を埋める。

「あなた……。あなた……」

と、くり返しながら、亜季子は加瀬を抱き寄せて、激しく唇を押し付けた……。

13　崖っぷち

もう朝？

晴美は目を開けて、それからやっとなぜ目が覚めたのか分った。

枕もとに置いたケータイが鳴っていたのである。

「何よ……」

と、ブツブツ言いつつ手に取ると、兄からだ。「――もしもし」

「晴美、もう起きてるか？」

「今、これで起きたのよ」

と、晴美は大欠伸《おおあくび》して、「どうしたの？」

「何が『どうしたの』だ。ゆうべ連絡して来なかったじゃないか」

と、片山は言った。

そう言われて、晴美は何もかも思い出した。

そうだった！　この旅館で亜季子が仲居をしていて、その相手の加瀬という男が実は金山で……。

「あのね、ひと言じゃ説明できないの。少し頭がスッキリするまで待って」

と、ともかく時間を稼ぎたくて言った。

「どうせ、もうじき着くから、直接聞くよ」

「あ、そう」

と、晴美は布団に起き上って、「着くって……どこに？」

「その旅館だ。〈紅葉荘〉だったよな」

片山の言葉で、晴美はいっぺんに目が覚めてしまった。

「今……こっちに向ってるの？」

「ああ。今、途中のファミレスで朝食をとってる。あと三十分くらいで着くだろう」

「じゃ、夜中に車で？　どうして？」

「それがな……」

片山は、ゆうべ笹井貴子が病院の屋上から飛び下りようとしたことを話して、「仕方なかったんだ。思い止《とど》まらせるにはその話をするしかなくて」

「待って。――それじゃ、今亜季子さんのお母さんも一緒なの？」

「ああ、もちろんだ。あと、運転を交替するんで石津もいる」

「あと……三十分で？」

「うん。亜季子さんは朝、出て来てるのか？」

「夜遅いみたいだから、朝はたぶん来てないわ」

「そうか。ともかくそっちへ着いたら呼んでもらう」

「ね、お兄さん——」

「もう食べ終えて出るところなんだ。じゃ、後で」

「お兄さん！」

切れてしまった。——亜季子が同棲《どうせい》しているのがやはり金山だった、と言いそびれてしまったのだ。

「どうしよう……」

晴美はため息をつくと、もう起き出して朝の化粧に余念のないホームズの方へ、「あんたも同罪よ」

と言ってやった……。

——晴美は、ともかく起きて仕度をしておかなくては、と部屋についた浴室に入って、シャワーを浴びた。

バスタオルを体に巻いて、浴室を出ると、

「おはようございます！」

亜季子が、もう仲居の和服姿で布団を上げに来ていたのだ。

「あ……。おはよう」

「すぐ朝食、召し上りますか？　朝は大食堂の方なんです」

「そう。すぐ行くわ」

「じゃ、仕度しておきます」

亜季子は手早く布団を上げると、「ゆうべの団体さんの分、朝も用意しなきゃいけないので、朝早く呼び出されて」

「大変ね」

これから大変どころじゃないのだが。

「あの――彼は？　加瀬さんは？」

「まだ眠ってます」

と、亜季子は言った。「朝食の片づけまで終るのは十時半くらいだと思うんで」

「そう……」

「じゃ、朝食、お待ちしてます」

と、亜季子はさっさと出て行こうとして、「あ、ホームズにも、アジの干物、焼いてくれるように言ってありますから」

ホームズが、

「ニャー」

と、礼を言った……。

「もうじきですよ、たぶん」

と、片山は助手席で言って、「お疲れでしょ？」

と、後部座席の笹井貴子の方を振り向いた。

「誰が疲れてるって？」

と、貴子は訊き返して、「冗談じゃない。疲れてるひまなんかないわよ」

なるほど、貴子の目は輝くばかりである。

髪は白くなっているが、貴子は急に若さを取り戻したかのようだった。

「――片山さん」

と、ハンドルを握っている石津が言った。「あそこに温泉街の地図が」

「よし、〈紅葉荘〉の場所を確かめよう」

車がその案内図のそばで停ると、片山は車を降りて近寄ってみた。

どうにも古ぼけて、いかにも温泉街自体、あまり流行《はや》っていない印象だった。

「――あったぞ。〈紅葉荘〉。駅の近くだな」

片山は車へ戻って、「このまま通りへ入って、真直ぐ駅の方向だ。少し手前の左手」

「分りました」

車が走り出すと、

「ああ……。心臓がドキドキする」

と、貴子は胸に手を当てて、「本当に亜季子なの？　人違いじゃないのね？」

「妹はしっかり者ですから、僕と違って」

「それもそうね」

と言われて、片山も少し傷ついた……。

朝早いせいか、通りにはほとんど人影がない。いや、もともとなかったのか。

「――小さな町だ。見落としそうだな」

と、片山は目をこらして窓の外に〈紅葉荘〉の看板を捜した。

そして――それは呆気《あっけ》なく目に止った。

「そこだ」

と、片山は言った。「適当に停めろ。――着きましたよ」

「行きましょう、早く！」

と、貴子はドアを開ける。

「待って下さい。――亜季子さんは遅番で、今日はまだ来ていないようです。旅館の人に彼女の住んでる所を訊《き》きましょう」

と、片山は車を出て、「石津、ここで待っててくれ」

「分りました」

片山と貴子の二人は〈紅葉荘〉の玄関へ入って行った。

ズラッと並べられているのは、朝早くに発《た》つグループの靴だろう。

帳場に人がいない。

片山が誰か通らないかと見回していると、廊下の奥から、

「ちゃんと持って！　落とさないでよ！」

という声が聞こえて来た。

「あの声……」

と、貴子が言った。「もしかして——」

両手に大きなお盆を抱えた和服姿の仲居が、ほとんど走るような勢いで現われ、片山たちの前を横切って行こうとした。

「亜季子！」

と、貴子が呼ぶと、仲居は数歩行って足を止め、振り返った。

「お母さん！」

「まあ、亜季子……。あんたは……」

亜季子は一瞬迷った様子だったが、

「ちょっと待って。お客さんが朝食を待ってるの。もう少しで終るから」

と言うと、後から息を切らしながらついて来たもう一人の仲居を、「ほら！　お盆が傾いてる！　おミソ汁がこぼれてるわよ！」

と叱りつけた。

「待ってるわ」

と、貴子は肯《うなず》いた。

「じゃ、後で」

亜季子はお盆を手にサッと姿を消すと、びっくりするほどすぐに、手ぶらで駆け戻って行った。

そして、片山と貴子が玄関から上って、ロビーのソファに腰をおろすと、また亜季子が両手にお盆を抱え、小走りに通って行く。

「——みごとなもんだな」

片山は正直、感心した。「あの速さで歩いて、全然お盆が揺れてない」

「あの子ったら……」

貴子はため息をついた。「うちじゃ、お皿一つ洗わなかったのに！」

そこへ。

「ニャー」

と、ホームズの声がして、

「お兄さん！」

晴美がやって来たのである。「今来たの？」

「うん。亜季子さんにも会った」

「そう……」

晴美が片山を、「ちょっと――」

と、傍へ連れて行こうとすると、

「――まあ、亜季子さんのお母様ですか」

と、女将《おかみ》がやって来た。「私、この旅館の女将でございます」

貴子があわてて立ち上ると、

「娘がお世話に――」

と、頭を下げる。

「とんでもない！　うちこそ本当に亜季子さんのおかげで助かってますの。お若いのに、よく働いてくれて。うちは亜季子さんなしじゃやっていけないくらいですわ」

「恐れ入ります……」

「ああいう働き者のお嬢さんのお母様はどんな方だろう、って、いつも思っておりましたのよ」

「いえ、そんな……」

「ぜひ、亜季子さんには長くここで働いていただきたいんです。もちろん、お産の前後はちゃんと休んでいただきますが、落ちつかれたら、ぜひまた」

「はあ……」

「もし、お子さんを育てながらでは大変ということでしたら、町に掛け合って保育所を作ってもらいますわ。今までも、それでずいぶん優秀な人が辞めなきゃいけなかったんですから」

「はあ……」

「ともかく、戻って来てくれるなら、ちゃんとお給料も上げるようにするから、と言ってますの。お母様からもぜひ、ここで働くようにおっしゃって下さいませ」

女将は立て板に水としゃべりまくって、

「女将さん、お電話です」

という声に、

「はい！——じゃ、ちょっと失礼いたします」

「どうも……」

貴子は呆然《ぼうぜん》としていたが、やがて、「——十年分もびっくりしたわ」

と言った。

「あの子が妊娠？」

「六か月だそうです」

と、晴美が言った。「話す暇がなくて」

「でも、あの子があんなに活《い》き活きしてるのを見たことないような気がするわ」

と、貴子は言った。「片山さん」

「何でしょう?」

「亜季子には、――主人のこと、ただ病気で倒れた、とだけ言っておくことにしたいんです」

「つまり……」

「亜季子のせいで倒れた、と知ったら……。お腹の子にさわるといけないから」

「はあ……」

「いずれ分るでしょうけど。もちろん悪いのは亜季子でなく、金山ですけど。あんなでたらめを……。今、亜季子と暮してる人は何というんですか?」

問われて、晴美も正しいことを説明できなかった。この場ではとても……。

「加瀬さんという人です。年齢はずいぶん上ですけど」

「加瀬さんね。ちゃんと会ってご挨拶《あいさつ》しなきゃ。――私、安心したわ。亜季子が無理に働かされてるのかと思ってた」

「いや、あれだけ女将さんに頼りにされるなんて、大したもんですよ」

と、片山も肯く。

晴美は、「それどころじゃないのよ！」と叫んでやりたかった……。

ホームズが晴美の膝《ひざ》にフワリと乗っかる。

晴美を見上げるホームズの目は、穏やかに微笑んで見えた。

これでいいの？　でも……。

「――ああ、やっと一段落！」

と、亜季子が息を弾ませてやって来る。「お母さん、ごめんなさい。つい、連絡しそびれて」

「あんたが元気なら、それでいいの」

と、貴子は亜季子の手を取ると、「まあ。働いてる手ね。あんなにフワフワで真白だったのに……」

「お母さん、私……」

「今、女将さんから聞いたわ。赤ちゃんが？」

「うん」

亜季子は頰を染めると、「私、とっても幸せなの。学生だったころには、毎日がつまらなかった。今は違うわ」

「そうね。見ていれば分るわ」

「ありがとう！　お母さん……。白髪、ふえたね」

貴子は立ち上って、娘を抱くと、

「さあ、あんたの優しい旦那《だんな》様に会わせてちょうだい」

と言った。

「うん！」

亜季子は額の汗を手ぬぐいで拭《ふ》くと、「一緒に来て！」

と、母親の手を引張った。

どうなっちゃうの？

晴美は、ほとんどやけになって、片山の後について、ホームズと一緒に旅館を出たのだった……。

何とかして……。

せめて兄にだけは金山のことを話しておきたい、と晴美は思った。

しかし、旅館を出ると、もう通りは結構人通りがあって、和服の仲居姿の亜季子が歩いて行くと、途中の土産物屋や雑貨屋から、

「やあ、アコちゃん！　おはよう！」

「早いね、今朝は！」

「アコちゃん！　元気かい？」

と、声がかかる。

亜季子も、いちいち会釈を返して、

「おはようございます」

と、にこやかに、「今日も寒そうですね」

一緒に歩いている母の貴子が、

「あんた、人気者なのね」

と言った。

「うん。みんな『アコちゃん』って呼んでくれるの」

と、亜季子は微笑んだ。「仲居さんで、私みたいに若い子は珍しいのよ」

「大したもんだわ、本当に」

貴子は嬉《うれ》しそうだ。

その様子を見ると、晴美はますます辛《つら》くなる。――加瀬が、実は金山だと知ったら、どんなにショックだろう。

「お兄さん」

と、晴美は片山の腕をつついて、「聞いてよ。ねえ」

と、小声で言った。

「何だ?」

と、片山が振り向く。

「あのね――」

「このアパートなの」

と、亜季子が足を止めて言った。

そして、貴子の方へ、

「ちょっと待ってて。あの人、まだ寝てると思うから。寒いでしょ。何ならそこのお土産物屋さんにでも入ってて」

「大丈夫よ。気の毒だから、叩《たた》き起さないで、やさしく起してあげて」

「うん。キスしてあげると目を覚ますの！　なんてね！」

自分で言ったことに自分で照れて赤くなると、亜季子はそのアパートの外階段をタッタッと上って行った。

「あの子ったら……」

貴子は涙ぐみながら、「親がどれだけ心配したか……。自分が親になれば分るわね、きっと」

亜季子は鍵《かぎ》を自分で開けて、中へ入って行った。――晴美は、兄に、

「石津さんは？」

と訊《き》いた。

「車の中に残ってる。こんなにアパートが近いと思わなかったんだ」

「そう……」

ドアが開いて、亜季子が出て来ると、

「おかしいわ」

と、階段を下りて来て、「もう起きてるみたいだけど、いないの。どこへ行ったのかしら」

逃げたんだ、と晴美は思った。当然、ここへ警官がやって来ると予期しているはずだから。

私が逃がしたも同じだわ、と晴美は思った。

「お母さん、上ってて。あの人、じきに戻って来るから」

戻って来ないわよ。戻って来れば捕まると分ってるんだもの……。

「お兄さん――」

早く手配しなくては。また金山が姿をくらましてしまう。

「あ、帰って来た」

と、亜季子は笑顔になって、「あなた！　どこに行ってたの？」

金山が、スーパーの袋を抱えてやって来た。

「ミネラルウォーターが切れそうだと言ってたろ。重いからな、体にさわるといけないと思って」

「いないから、どこに行ったかと思ったわ。——ね、私の母なの」

「お母さんがみえた？」

「びっくりしたわ、私も。——お母さん、加瀬さんよ」

金山は、貴子の前で足を止めると、

「これはどうも……。お嬢さんをこんな所まで連れて来てしまいました。申しわけありません」

と、頭を下げた。

片山がさすがに呆然《ぼうぜん》としている。——晴美がちょっとつつくと、我に返って、

「お前……」

「話す暇がなかったのよ」

「しかし——」

片山が言葉を失っていると、

「娘がお世話になりまして。本当に幸せそうにしているので、安心しました」

と、貴子が挨拶《あいさつ》している。

晴美もびっくりした。——貴子には、加瀬が金山だと分らないのだ！

確かに、金山の写真をいつも見ているわけでもないし、金山もすっかり様子が変って、

真面目な雰囲気である。貴子に分らなくてもふしぎではない。

「そうおっしゃって下さると安堵《あんど》します」

と、金山は言った。「ご心配をかけて、すみません」

「いいえ。――娘さえ元気でいてくれれば」

「寒い所で立ち話も何ですから、狭苦しい部屋ですが、お上り下さい。亜季子、鍵を」

「もう開けたわ。――あ、こちらね、晴美さんのお兄さんの片山義太郎さん。刑事さんよ」

金山の表情が、わずかに変った。しかし、すぐ笑顔になって、

「加瀬です。亜季子が妹さんを頼りにしていまして」

と、頭を下げる。

片山は数秒間、どう答えたものか迷っていた。しかし、亜季子の笑顔を目にすると、

「――いや、どうも。片山です」

と、返事をした。

「さ、お茶ぐらい出すわ。皆さん、どうぞ」

と、亜季子が元気に外階段を上って行く。

片山たちも仕方なく後に続いた。

「――さあ、どうぞ」

部屋は石油ストーブで暖かかった。

亜季子が手早くお茶をいれる。

「よく片付いてるわね」

と、貴子が言った。「あんたは、いつも部屋を散らかしっ放しにしてたのに」

「私だって、その気になればやるわ。それに、子供が産まれたら、埃《ほこり》だらけの部屋じゃ育てられないでしょ」

仲居の和服姿のままの亜季子は、確かに「主婦」の貫禄《かんろく》があった。

「でもね」

と、亜季子は、菓子皿にあられを入れて持って来た金山の方を見て、「この人がよく掃除してくれるの」

「何しろ、亜季子の方が僕の倍も稼ぐもんですからね。――何もありませんが、あられでもつまんで下さい」

「この人、赤ちゃんができたと分ったら、タバコを止めてくれたの。口が寂しいからって、あられをポリポリつまんでるのよ」

金山は照れたように笑った。そして、

「なあ、亜季子」

「うん」

「こうしてお母さんにもお目にかかれた。——この機会に一旦《いったん》東京へ行って、きちんとしたらいいんじゃないか」

「これから、ってこと？」

「ああ。女将《おかみ》さんには話せば分って下さるだろう。旅館もそう忙しくないだろうし」

「まあね……。でも急に——」

「何もずっと向うにいるわけじゃない。二、三日休みをもらって、ちゃんと籍も入れよう。もう少ししたら、動くのも大変だ。今の内に行った方が、お前も楽だろう」

「そうね……」

亜季子は少し迷っていたが、「でも……お母さんは分ってくれても、お父さんが……」

晴美と片山はチラッと目を合わせた。

「ね、亜季子」

と、貴子が言った。「実はね、お父さん、入院してるの」

「え？　具合、悪いの？」

「そうなのよ。——あんたのことが分るかどうか……」

亜季子が息を呑《の》んで、

「そんなに？」

「じゃ、ますます帰った方がいい」

　と、金山が言った。

「ええ。そうするわ」

　亜季子は立ち上って、「女将さんに話して来る」

「そうするといい。――亜季子。お母さんに一緒に行ってもらったらどうだ？」

「え？」

「今後のこともあるし。女将さんと話し合うのに、お母さんもご一緒の方が」

「行くわ」

　と、貴子も立ち上った。「加瀬さん、色々お気づかいいただいて」

「とんでもない。東京までは列車を乗り継がなくちゃいけませんが、昼過ぎに出れば、夜には着きます」

「分りました。――じゃ、片山さん、ちょっと行って来るわ」

「ええ……」

　亜季子に続いて貴子が出て行く。

「階段、気を付けるのよ、亜季子！」

　という貴子の声が聞こえた。

　――金山と、片山、晴美、そしてホームズが部屋に残る。

　沈黙が少し続いてから、金山が口を開いた。

「ありがとう。――あんたのことは、亜季子から聞いた。いい人だな」

「亜季子さんのためだ」

と、片山は金山をにらんだ。

「分ってるとも」

「あなたは――どうして逃げなかったの？」

と、晴美は言った。

「亜季子を放り出してか？　俺にはできないよ」

「逃げられないぞ」

「ああ。――ただ、頼むから、東京へ着くまで待ってくれ」

「しかし……」

「逃げるつもりなら、とっくに逃げてるよ」

片山は渋い顔で、

「分った。どうせ車じゃ全員乗れない。僕は一緒に列車で行く」

「そうしてくれ」

「その代り東京に着いたら――」

「ああ。逮捕するなり撃ち殺すなり、好きにしてくれ」

と、金山は言った。「ただ、東京で、やっておきたいことがある。それが済むまで待ってくれるとありがたいが……」

「虫のいいことを言うな」

「それもそうだな」

と、金山は笑った。

晴美が、

「あなたのお母さんのことね」

と訊《き》いた。

「ああ。一つはな。——しかし、知り合いの所へ預けてあるから、まあ大丈夫だと思う」

「一つ教えてくれ」

と、片山は言った。「笹井さんはなぜお前を逃がしたんだ？」

金山が目を見開いて、

「聞いてないのか？」

「話を聞く前に倒れて、意識不明になってしまったんだ」

金山はゆっくり肯《うなず》いて、

「そうだったのか……。じゃ、説明しよう」

と言うと、お茶を一口飲んだ……。

14　闇からの出口

「東京だ！」

亜季子が座席から腰を浮かして言った。

列車が東京駅へ近付いて、華やかなネオンサインが夜を彩っているのが目に入って来る。

亜季子にとっては、それが懐しい光景だったのだろう。

「落ちつけよ」

と、金山が言った。

「うん……」

亜季子はまた腰をおろして、「たった一年くらいなのにね。何だか十年もたつような気がする」

「それはお前がそれだけ大人になったからさ」

「あら。──お世辞言ったって、何も出ないわよ」

と、亜季子はちょっと舌を出して見せた。

「せっかく大人になった、って言ってくれてるのに、何ですか」

と、貴子が苦笑している。

──貴子と亜季子と金山。

その三人が、向い合せにした席に座っている。

片山たちは、同じ車両の少し離れた席から、亜季子たちの様子を見ていた。

片山と晴美とホームズである。石津は車を運転して戻っていた。

「じき、東京駅よ」

と、晴美が言った。

「分ってる」

片山は難しい顔で、「どうしたらいいんだ？」

と、ため息をついた。

「たぶん、金山の話は本当よ」

「ああ。──しかし、どう話せばいいんだ？　若原を射殺したのが笹井さんだった、なんて」

「しかも、それを隠そうとして金山を逃亡させたなんてね……」

と、晴美は肯いた。

ホームズは、片山の嘆きを聞いているのかどうか、空いた座席に一人横になって、半ばトロトロと眠っているように見えた。

——あのとき、笹井は腰を痛めて動けずにいた。

そこへ現われた人影。笹井はそれをてっきり金山と思って狙撃。相手は倒れた。

ところが、笹井が痛みをこらえて近付いてみると、倒れているのは若原だったのである。

愕然《がくぜん》とした笹井はその場に座り込んで立てなかった。

そのとき、笹井の背後に金山が立っていたのである。

金山に銃を突きつけられ、笹井は死を覚悟しただろう。しかし、金山は何を思ったか、笹井の持っていたライトを取り上げ、若原の死体を見た。

金山は、弾丸が若原の体を貫通しているのを知ると、道の上をライトで照らし、ひしゃげて転っていた弾丸を見付けた。

金山は、呆然自《ぼうぜんじ》失《しつ》している笹井に提案した。

この若い刑事は自分が殺したことにしてもいい。その代り……。

停年を間近に控えていた笹井が、金山の言葉につい心を動かされたのは分らないでもない。しかし、代りに金山の逃亡を助けたのは立派な犯罪だ。

金山に逃走資金を渡し、さらに、あの神戸哲を公園へ呼び出した。哲は金山の手で殺されたのだ。

「——もみ消すわけにはいかないな」

と、片山は言った。「家族には気の毒だが」

「そうね。亜季子さんにとっては、加瀬の正体と、父親のことと、二重のショックでしょうね」

「仕方ない。隠してはおけないよ」

「ええ……。私が話しましょうか？」

「そうだな」

列車が一段とスピードを落とした。

亜季子が席を立って、片山たちの方へやって来た。

「晴美さん。わざわざ遠くまで来ていただいて、すみませんでした」

「それはいいけど——。亜季子さん、私に何か話したいことがあったんでしょ？」

「そうなんです。ただ——母が来るなんて思ってなかったので……」

と、少し声をひそめて、「今夜、私たちホテルに泊ることにしたんです。家は二人も泊るようになってないんで」

「そう……」

「何度もすみませんけど、明日、ホテルでお会いできませんか」

「いいわよ。どこに泊るか決ってるの？」

「彼がホテルＮを予約しました。このまま病院で父を見舞って、それからホテルＮへ行きます」

「そう」

晴美は肯いて、兄の方を見た。

片山は難しい顔で迷っていたが、

「――分った」

と肯いて、「明日、僕も行く」

「ええ、よろしく。朝十時にホテルNのロビーにいます」

「分ったわ」

亜季子が席へ戻って行く。

「――どうするの？」

と、晴美が訊いた。

「ホテルNに泊る。金山が逃げないように見張るよ。――これが知れたらクビだ」

ホームズが目を覚まして大欠伸《おおあくび》した。

「じゃ、私たちも泊るわ。ね、ホームズ」

「ニャン」

分っているのかいないのか、ホームズは眠そうな目で晴美を見た。

「そうだ」

片山は思い付いて、「金山の話が本当なら、若原を撃った弾丸は笹井さんの手許《てもと》に戻ったはずだ。見付けなきゃ」

「でも、取っておく？　捨てちゃったんじゃない？」

「そうかもしれないが、一応、捜したい」

片山は、貴子の所へ行って、捜したい物があると頼んだ。

貴子は自宅の鍵《かぎ》を取り出して、

「自分で入って、捜してちょうだい」

と、片山に渡した。

「いいんですか？」

「ええ。あなたのことですもの、任せるわ」

「ありがとう」

片山は鍵を手に握りしめた。

「さあ、荷物を下ろそう」

金山が立って、棚の上の荷物を下ろした。

列車がホームへ入る。

片山は晴美へ、

「お前、ついて行ってくれ。俺は笹井さんの家へ行く。ホテルＮの部屋は取っとく。近くにな」

「うん、いいわよ」

晴美は立ち上った。列車が停止して、乗客がゾロゾロと降り始めた。

ここまで来たら……。

片山は、ともかく一晩眠るつもりはなかった。万一、金山が逃亡したら、と心配していたからである。

ホテルに頼んで、金山と亜季子の泊っている部屋の斜め前の部屋を取ってもらった。ドアを細く開けておくと、亜季子たちの部屋のドアが見える。

片山はドアのそばに椅子を持って来て、見張ることにした。

「――ずっと起きてるの？」

と、お風呂《ふろ》に入って来た晴美がバスローブを着てやって来た。

「ああ」

「大丈夫よ。金山ももう逃げないわ」

「そうは思うけどな。やっぱり心配だ」

片山としては、責任を感じてしまうのだ。――笹井の家で、片山は笹井の仕事用の机の引出しに入っていた弾丸を見付けた。ビニール袋に入ったその弾丸を、鑑識へ届けて、弾丸が笹井の銃から発射されたものかどうか、調べてもらうよう、頼んで来た。

金山の話はやはり事実だろう、と片山も分っていた。

むろん、だからといって、他の殺人の罪は消えない。

亜季子の気持を考えると、片山も気が重いのは確かである。しかし、これ以上金山を逮捕せずに放置しておくわけにはいかない……。

「――お兄さん！」

晴美に肩を叩《たた》かれて、片山はハッとした。

「え？――どうした？」

「どうした、じゃないわよ。居眠りしてちゃ、見張ってる意味ないじゃないの」

「居眠り？　俺、眠ってたのか？」

「それも気が付かなかったの？」

「いや……。今気が付いた」

と、片山は息をついて、「畜生！　どれくらい眠ってた？」

「そう長くないわよ。さっき見たときは起きてて、欠伸してたから。――ね、ホームズ」

「フニャ」

「あんたも眠そうね」

「やれやれ。ただじっと座ってるってのも楽じゃないな」

「いっそ、お風呂に入って来たら？　目が覚めるわよ。その間、私が見ててあげる」

「そうか。今、何時だ？――一時か、もうすぐ」

「こんな時間だから、もう金山も出て行かないでしょ」

「しかし、万が一ってことも――」

「だから、任せて。ちゃんと、すぐ対応できるように、服着て座っててあげる」

「分った。じゃ、頼む。十分で出て来るからな」

「あわてなくていいわよ。ちゃんと見てるから」

「うん」

片山はまた欠伸しながら、バスルームへ入って行った。

晴美はホテルのバスローブを脱いで服を着ると、片山の代りにドアのそばの椅子に腰をおろした。

「ホームズも何か気が付いたら教えてよ」

「ニャー……」

ホームズが面倒くさそうに答えた……。

「でもね……。確かに金山は凶悪犯かもしれないけど、亜季子さんを愛してるのね。亜季子さんに、人を大切にする心を教えてもらったんだわ。人間って変るものなのよね……」

と、一人でブツブツ呟《つぶや》いていた晴美だったが……。

「――痛い！」

晴美は飛び上った。「ホームズ、引っかいたわね！」

「ニャー」

「あ！」

晴美はいつの間にか自分が眠っていたことに気付いた。

そして、廊下を歩いて行く後ろ姿は、金山である。

「よく起してくれたわ！――お兄さん！」

と、声をかけたが、バスルームからはシャワーの音がしている。

あれじゃ聞こえないだろう。――金山が行ってしまう。

「仕方ない。行こう、ホームズ！」

晴美はホームズを促して、部屋を出た。

急いで金山の後を追い、エレベーターの所まで来ると、正に金山が乗って、扉がスルスルと閉じるところ。

晴美は急いで下りのボタンを押した。

ここのエレベーターは、どの階で停るか表示があるので一目で分る。

金山はロビーフロアまで下りていた。

ホテルを出てしまっていたらどうしよう？

焦る気持で、やっと来たエレベーターでロビーへ向う。

ロビーフロアへ出ると、晴美は左右へ目をやった。

いない？——といって、夜中なので、ロビーにも人がいなくて当然だが……。

「ニャー」

と、ホームズが小声で鳴いた。

ホームズの見る方へ目をやると——。

お茶を飲むラウンジがロビーの半分ほどを占めていて、今はもう営業していないのだが……。

空いたソファにポツンと一人で座っている男の後ろ姿があった。

どうやら金山らしい。ホッと胸をなでおろしていると、

「あの……」

と、背後で声がした。「晴美さんですか？」

振り向いた晴美は、

「あ……」

と、目を見開いた。「江里さん！」

中沢江里が立っていたのである。

晴美も、片山が最近中沢江里と付合っていることは知っている。

「今晩は」

と、江里は会釈して、「あの……」

「兄にご用？」

まさか、金山を見張るのに、江里を呼んだとも思えないが。

「片山さんもいらっしゃるんですか？」

「ええ、部屋に。今、お風呂に入ってて、私が代りに……」

事情を説明するのも容易でない。「江里さん、どうしてこんな時間に？」

「何だか――連絡があったんです。今夜、夜中の一時に、このホテルのロビーに金山広造が現われる、って」

「何ですって？」

晴美は目を丸くした。

「今来たところです。――あそこに一人で座ってるのがそうですか？」

「ええ、たぶんね。でも誰がそんなことを知らせたのかしら？」

「分りません。誰だか分らない声で留守電が……」

「そう」

「私――金山に会ったからって、どうするつもりもないんです。ただ、金山が逮捕されるのが見られるのかと思って――」

と言いかけて、江里は晴美の肩越しに目をやって、「まあ！　若原さんのお母様だわ」

振り向くと、若原等の母、洋子が黒のスーツでロビーへ入って来たところだった。

江里がちょっと手を上げて見せると、若原洋子はすぐに気付いてやって来る。

「江里さん。――どうしてここへ？」

「お母様こそ……」

「誰だか分らないけど、電話があったの。今夜、ここに金山広造が――」

「しっ！　あれらしいですよ」

と、江里が指さす。

「等の仇《かたき》ね。警察は？」

「分っています」

と、晴美は言った。

ケータイで兄へかけると、すぐ片山が出た。

「おい、どこにいるんだ？」

「下のロビー。すぐ来て」

とだけ言った。

「ニャー」

と、ホームズが鳴いた。

下の階から地下の通路につながっているのだが、そこからエスカレーターで誰か上って来た。

「まあ……」

晴美はわけが分らなくなった。

やって来たのは、笹井貴子だった。

「あら、晴美さん」

「貴子さん、どうして――」

「金山がここへ来るって知らせてくれた人がいるの。主人をあんな風にしてしまったのは金山ですものね」

「はあ……」

「ニャー」

ホームズがまた鳴いた。

誰かが正面玄関から入って来た。

「あれ、誰かしら？」

と、晴美はその中年の女を見て首をかしげた。

「あら、もしかして……」

と、貴子が手を振ると、すぐに気付いてやって来た。

「奥様。ごぶさたして」

「田村さんね。――主人が力になってあげていた方でね」

と、固い表情で挨拶《あいさつ》する。

「あなたも金山のことで？」

「ええ、誰か分らないんですけど、一時にここへ来れば、金山がいると……」

と、田村涼子が肯《うなず》いて、「笹井さんには、ずいぶんご恩を受けて来ました。金山のせいであんなことになったと思うと、憎らしくて」

「でも、誰がそんな……」

晴美が呟《つぶや》いていると、エレベーターの扉が開いて片山が降りて来た。

「おい――」

「あそこよ」

と、晴美は金山の方を指した。「でも誰かがこの人たちに声をかけたらしいの」

「何だって？」

「ともかく、逮捕して下さい」

と、若原洋子が言った。「本当にあれが金山なら」

「ええ、分ってますが……」

貴子は、金山が実は加瀬だということを知らない。片山も少しためらったが、

「ともかく、ここは任せて下さい。いいですね」

と言った。「晴美――」

「自分で下りて来たのよ」

と、晴美は言った。

やっぱり誰かを待っているのだろうか？

「分った。――行こう」

片山は息をつくと、人気のないラウンジへと歩き出した。

晴美とホームズも一緒である。

そして、他の女たちは、少し離れて片山たちについて行った……。

金山はソファに一人で座って、眠っているように見えた。

片山は金山の前に回って、

「どうしてここに来たんだ？」

と言った。

そして――立ちすくんだ。

「お兄さん！」

「ニャー」

と、ホームズが鳴いた。

金山はソファに身を沈め、頭は左へ傾いていた。

眠っているのではなかった。——その胸に、血が広がっている。

片山が急いで金山の脈をみる。

「——死んでる」

「胸の傷は……」

「刃物で刺された傷だ」

「殺されたってことね」

「どういうことだ！」

片山は困惑していた。「ともかく、連絡を入れる」

片山がケータイで通報している間に、やって来た女たちはこわごわ近付いて来た。

「晴美さん……」

と、中沢江里が言った。

「誰かが金山を殺したようです」

と、晴美は言った。

みんなが覗《のぞ》き込むように金山を見て、

「まあ！」

と、貴子が声を上げた。「これって——加瀬さんじゃないの」

「そうなんです」

「じゃあ……」

「亜季子さんは、加瀬が金山だと知らなかったんです。私たちも、どうしても言えなくて
……」

「何てこと！　じゃ、やっぱりあの子は金山と駆け落ちしたのね」

「ええ」

「亜季子……。それを知ったら……」

「知らせなきゃいけませんね」

と、晴美は肯いて、「いずれ分ることでしたけど」

「でも——誰が殺したの？」

と、田村涼子は言った。

四人の女たち——中沢江里、田村涼子、若原洋子、笹井貴子は、みんな顔を見合せた。

「私じゃないけど……」

と、若原洋子は言った。「殺してくれた人に、お礼を言いたいわ。もし生きてここに座ってたら、私が殺してたでしょうからね」

誰もが口を閉ざしている。——誰も、「私が殺した」とは言わなかった。

「ともかく――」

と、片山が言った。「一応一人ずつお話を伺いたいので、残ってらして下さい」

「分りました」

と、田村涼子が肯いた。「でも――奥様、亜季子さんのこと、本当ですか？」

貴子はややためらいながら、

「ええ、どうやら……」

「でも、そんなことが――」

そのとき、ホームズが遮るように、

「ニャー」

と、鋭く鳴いた。

晴美がホームズの見ている方へ目をやって、

「――亜季子さん」

と言った。

エレベーターから降りて来たのは、ガウンを着た亜季子だった。

「あの人がいないので……」

と、亜季子は言った。「心配になって下りて来たんです」

「亜季子さん、あのね――」

「そこにいるの、あの人ですか？」

亜季子は金山の死んでいるソファの方へ真直ぐに進んで来た。

「亜季子」

と、貴子が止めようとすると、亜季子はそれを押し除《の》けて、ソファの前に立った。

そして、ハッと息を呑《の》むと、

「——死んでるの？」

と、震える声で言った。

「気の毒だけど……」

晴美が亜季子の肩に手をかける。

「そんな……」

と、亜季子は呟くように言った。「でも——分ってたわ」

「分ってた、って何が？」

「長くは続かないって。——幸せ過ぎて怖かった。何か起りそうな気がした」

亜季子は、ソファのそばに膝《ひざ》をつくと、金山の方へ身をのり出し、そっと唇にキスした。

「亜季子——」

と、貴子が歩み寄ろうとすると、亜季子はその場にぐったりと倒れた。

「気を失ったわ！」

晴美は急いで駆け寄って、「お兄さん！　救急車を呼んで！」と叫んだ……。

一時間後、ホテルのロビーは捜査陣で騒がしかった。

亜季子は救急車で近くの病院へ運ばれ、貴子が付き添って行った。

「──片山さん」

ロビーの隅に立っていた片山と晴美は声をかけられて振り向いた。

中沢江里だった。

「やあ。──すまないね、引き止めて」

「いいえ。いくら金山が凶悪犯でも、殺人は殺人ですものね」

「そうなんだ。じき、事情を簡単に聞いて帰ってもらえると思うよ」

「本当に……私たち四人の女の誰かが金山を殺したのかしら」

「さあね。──他にも同じように呼ばれて来た人間がいたのかもしれない」

晴美が肯《うなず》いて、

「そうね。──でも、私は金山の少し後にロビーへ降りたわ。そのとき金山はもうソファに座ってた。そして、江里さんに声をかけられた……」

晴美は考え込んで、「金山を私、ずっと見てたから、誰かが金山を刺せば分ったはずだわ」

「ということは……」

「私が次のエレベーターで下りて来るまでのほんの少しの間に殺されたってことだわ」

「すぐに逃げれば――」

「でも、正面玄関、下のフロアの地下道との連絡口、どちらにもホテルの人がいたわ。急いで出て行った人間はいないってことよ」

「しかし、他の三人がやって来るのを見たんだろう？」

「ええ。でも、もし一旦《いったん》出口の直前まで行って、もう一度、今初めて来た、という顔でロビーへ出て来れば……。タイミングから見て、一番その可能性が高いわ」

「そうだな。他にも誰か来ていると気付いたら、一人だけ姿を消せば却《かえ》って目立つ」

「凶器の刃物は？」

「捜させてるが……。このロビーにも下のフロアにも化粧室がある。そこで流してしまったら……」

「それくらいの時間はあったわね」

江里は二人の話をじっと聞いていたが、

「――あの娘さん、金山の子を身ごもってるんですね」

「ええ。本当に幸せに暮していたようです」

「そうですか……。一年くらいでも、そういう思い出があるって、いいことですね」

と、江里は言った。「金山のことを知って、恨むようにならないといいけど……」

と付け加えた言葉は、ほとんど一人言のようだった……。

金山の死体が運び出されて行く。

片山たちは、複雑な思いでそれを見送っていた。

15　闇の中の灯

「鎮静剤を注射したので眠っています」

と、医師が言った。「体には異常ありません。お腹の子も順調です」

「そうですか」

片山は少しホッとした。

「そっとしておきましょ」

と、晴美が言った。「私、ついてるわ。貴子さんが戻ったら交替する」

「分った。加瀬が金山だったってことを――」

「うまく話すわ。大丈夫」

片山のポケットでケータイが鳴り出した。

「いけね！　電源を切り忘れた」

片山があわてて病室を出て行くと、晴美は、

「お花の水を代えてくるわ。ホームズ、みててね」

「ニャー」

病室に、ホームズ一人が、亜季子と残された。

ホームズは、病室の中の戸棚の方へトコトコと歩いて行くと、把手《とって》に向って軽く飛び上り、前肢《まえあし》で引っかけて、体の重みで扉を開けた。

そして、棚の下に置いてあった亜季子のバッグの口を器用に開けると、頭を中へと突っ込んだ。

――亜季子は目を開いた。

「眠ってた？　私……」

と呟《つぶや》きながら、病室の中を見回して、「誰もいないの？」

深々と息をつく。

「どうして、もっと泣かないんだろう……」

と、自分に向って呟いた。「涙で溺《おぼ》れるくらい、泣きたいのに……」

カタカタと音がした。亜季子は頭を上げて、

「――まあ」

戸棚からホームズが出て来た。亜季子は目を見開いて、

「どうして知ってたの？　そんなものがあるって……」

ホームズはそれをくわえてベッドの所までやって来ると、亜季子の伸した手の上にのせ

た。

亜季子はそれをベッドのマットレスの下へと押し込んだ。

病室のドアが開くと、亜季子は目を閉じて眠っているふりをした。

「――お花も明日買って来た方がいいわね」

と、晴美は花びんを置いて、「あら、戸棚が開いてる……」

そこへ片山が戻って来た。難しい顔をしている。

「どうしたの？」

「いや……。今、鑑識から報告があった」

「鑑識って――」

「例の弾丸さ。笹井さんの所で見付けた」

「若原さんを撃った、笹井さんの銃の弾丸でしょ？」

「いや、それが調べてみると、笹井さんの銃から出た弾丸じゃないと言うんだ」

「え？　それじゃ――どういうことになるの？」

「うーん……。金山が別の弾丸を笹井さんへ渡したか、あるいは笹井さんが若原を殺したんじゃないのか……」

「でも、笹井さんも自分が撃ったってことは分ってたんでしょ」

「妙な話だ。――弾丸についてた血を今、若原のものかどうか調べてる」

片山は椅子にかけて、腕組みをした。

ホームズが片山の足下へやって来ると、じっと片山を見上げた。

「うん……。待てよ」

片山は肯《うなず》いて、「——そうだな。やってみる価値はある……」

「どうしたの？」

と、晴美はふてくされて、「私を仲間外れにしないでよ！」

と、文句を言った。


また、今夜も重苦しい雲の下、凍えるような寒い日だった。

「一年前と同じだ」

と、片山は呟いた。

「あの夜も寒かった？」

「ああ」

片山は小声で言った。

「ここで一晩明かすのは辛《つら》いわね」

と、晴美が言った。

「仕方ないさ。——昔に比べりゃ色々あるからましだ」

片山はポットに入れたコーヒーを紙コップで飲んだ。

一年前、金山を追い詰めたゴーストタウン。

そこは今も何の変りもなかった。

片山たちは、若原が射殺された、あの細い道へやって来ていた。

若原が道へ出たブリキ板の扉。その内側に片山たちはそっと身を潜めていたのである。

「——本当に誰か来るの？」

と、晴美が言った。

「どうかな」

「ニャー」

ホームズの鳴き声も、自信ありげではなかった……。

「しかし……気が重いな」

と、片山は言った。「奥さんの気持を考えると……」

笹井貴子のことだ。

娘の亜季子が金山と同棲《どうせい》していて、子供まで身ごもっている、というだけでも辛いのに、

「若原刑事は、金山に撃たれたのでなく、実は同僚の刑事に誤って撃たれたのだ」

と、公表されたのである。

笹井の名は出していないが、貴子には分る。

しかし、金山がそれを利用して、笹井の手を借りて逃亡していたことは、さすがにマスコミには流さなかった。上の方の判断である。

片山としては、そのせいで哲が殺されたのだし、隠すべきではないと思う。しかし、貴子にそこまで知らせるのは……。

「でも、本当は笹井さんが撃ったんじゃないんでしょ？」

「そうだ」

「じゃ、どうして違う発表をしたの？」

「それが賭《か》けさ。笹井さんの銃から出た弾丸が見付かったということは――」

ホームズが小さく鳴いた。

「誰か来た！」

片山たちは息を殺して、様子をうかがった。

人影が――その狭い小路《こうじ》へと入って来た。

そして、小さな明りが見えて、どうやら懐中電灯で地面を照らしているらしい。

そして、左右の塀を照らして眺め始めた。

「――行こうか」

片山は息をついて、背筋を伸した。

ブリキ板の戸を開けると、耳ざわりな音がして、その人間がハッと振り向く。

「何を捜してるんですか、若原さん」

と、片山は言った。

「片山さん……」

若原洋子は、こわばった笑顔を見せて、「息子の亡くなった所を見たくて……」

「こんな時間にですか」

「いけません？」

「奥さん。――捜していたんでしょう？　弾丸を」

洋子の表情が消えた。

「何の話か……」

「息子さんを殺した弾丸です。――発見された弾丸は、笹井さんの銃のものだったと報道された。それなら、もう一つ、本当の弾丸はまだここにあるはずだと思ったんでしょう」

「片山さん、それって――」

「事実は違うんです」

「何ですって？」

「見付かった弾丸――金山が拾って、持ち去った弾丸は、笹井さんの銃のものじゃなかった。確かに、息子さんを殺した弾丸でした」

洋子は立ちすくんでいた。

「それは、若原さん、あなたの撃ったものでしたね」

と、片山は言った。

「お兄さん……」

「あのとき、笹井さんが撃つのとたまたま同時にもう一発の弾丸が発射された。笹井さんは、自分以外にも銃を撃った人間がいたことに気付かず、若原が倒れたので、てっきり自分が殺してしまったと思い込んだ」

「じゃ、笹井さんの撃った弾丸は？」

「外れて、どこか遠くへ飛んで行ったのさ。そしてその様子を、金山は見ていた」

「でも――息子さんを撃った？　どうしてですか！」

若原洋子はフッと肩を落とした。

「あの子は……女を見る目がなかったんです。いつも、良くない女に騙《だま》されて、私がはっきり証拠を見せてやらないと信じなかった……」

と、洋子は言った。「あの、中沢江里という女も、他に妻子持ちの男と付合ってた。あの日、ここの手入れに出かける前に一旦《いったん》帰宅した等と、中沢江里のことで口論になりました」

「それで――」

「私は中沢江里が、他の男とホテルから出て来るところの写真を等に見せたんです。いつもなら、それで等も諦《あきら》めるのに、あのときは、『彼女はちゃんと男と別れると言ってる』と反抗して来て……。出かけるときに、『もう僕のすることに干渉しないで！』と言ったんです」

洋子は固い表情で、「そのとき思ったんです。『この子は私を捨てようとしてる』と……」

「奥さん……」

「出かけて行く等を、自分の車で追いかけました。言い争って、カッとなった勢いだったんです。――ここまで来たのは」

片山はため息をついて、

「どうして拳銃《けんじゅう》を手に入れたんですか？」

と訊《き》いた。

「一年くらい前、あの子は家の近所にある暴力団の事務所の手入れをしたんです。そこで拳銃を十何丁か押収して。――でも、何か急に他の場所へ行かなきゃいけなくなって、困ったあの子は、家へ一旦銃を入れた布袋を置いて行ったんです。もちろん、一時間ほどで取りに来ましたが、袋に穴が開いていたらしく、一丁落ちていたんです」

ずいぶん雑な話だが、現実には起り得ることかもしれない。

「私はそれを――本当に何となく取っておいたんです。まさか、それであの子を撃とうとは……」

洋子はうなだれた。

「銃はどこにあります？」

「自宅です」

そのとき、

「あの人を殺したのね！」

と、声がした。

「――亜季子さん！」

と、晴美が進み出て、「あなた――」

「その人が殺したのね、私の大事な人を」

「――あなたが金山を殺したんですか」

片山に訊かれて、洋子は、

「はい……」

と、小さく肯《うなず》いた。「あのとき、金山は私のことを見ていたんです」

亜季子はきっと洋子をにらむと、

「あの人の敵！」

と、言うなり――拳銃を取り出し、銃口を洋子へ向けたのである。

「キャッ！」

と、洋子が怯《おび》えてうずくまる。

「亜季子さん！　どこでそんなもの――」

と、片山が目を丸くする。

「あの人が押入れの奥に隠してたのよ」

と、亜季子は言った。「金山がね」

「加瀬さんが金山だと知ってたの？」

と、晴美が訊く。

「今は知ってる。でも――知ってれば、晴美さんを呼んだりしなかった」

と、亜季子は涙ぐんで、「晴美さんと旅館で会った夜、アパートで、あの人は私を抱いてくれた。そして、私に打ち明けてくれたの」

「そうだったの……」

「でも、あの人は文句一つ言わなかった。どうせいつかは知れるときが来る、と言って、私が逃げてと頼んでも、承知しなかった」

と、亜季子は言った。「逃げれば、また犯罪者に逆戻りだ。お前のお腹の子の父親は、普通の人間でいたい。――そう言った」

「亜季子さん……」

「大丈夫」

と、亜季子は拳銃を放り投げた。「弾丸は入ってないわ。――ホームズも分ってたのよね」

「え？」

晴美が面食らっていると、ホームズはソッポを向いてとぼけていた。

「殺される人の思いを味わってほしかった」

と、亜季子は洋子に言った。「自分の子を殺すなんて！　あなたの好きになるオモチャじゃないのよ」

洋子は両手で顔を覆った。

「でも――お礼を言うわ」

と、亜季子は言った。「あの人は殺されたかったの」

「何だって？」

「死ぬつもりでいることは分ってた。――夫婦ですもの。でも、私のために死んだ、となったら、私が辛《つら》い思いをすると考えたんでしょうね」

と、ちょっと息をついて、「ホテルの部屋から電話しているのを、私、バスルームから聞いていたわ」

「すると、午前一時にホテルのロビーにいる、と四人に知らせたのは、金山自身か」

「ええ。——その人に殺してほしかったのよ。他にも、自分を憎んでいそうな人をあそこへ呼んだ」

亜季子は洋子の方へ、「抵抗もしなかったでしょう？」

洋子は肯いて、

「私がナイフを構えて震えてると、笑って、『生きてる限り、あんたにつきまとってやる』と言ったわ……」

「逮捕されて裁判になれば、私が苦しむと思っていたんだわ」

と、亜季子は言った。「片山さん。——彼のお母さんのことだけ、よろしくって」

「居場所は？」

「彼が書き遺《のこ》したわ」

「分った。任せてくれ」

片山は拳銃を拾い上げた。「おい石津」

「はあ」

隠れていた石津が出て来て、グスッと涙を拭《ぬぐ》った。

「若原さんを連行してくれ。俺は亜季子さんを病院へ連れ戻す」

「分りました」

亜季子はホームズの方へかがみ込んで、

「これで良かったのね、きっと……」

と、自分に向って言い聞かせるように言ったのだった……。


「風邪、引かなかった？」

病室に入って、晴美は訊いた。

「大丈夫です」

と、亜季子は肯いて、「母は強いんですよ」

「本当ね」

と、晴美は笑って、「お菓子、持って来たわ」

「ありがとう。でも——もう二、三日したら退院します」

「大丈夫なの？」

「もともと、どこも悪いわけじゃ……。晴美さん」

「うん？」

「ずいぶん遅れてしまいましたけど」

「そうね。元はといえば、あなたが私に相談したいと言って来たんですものね」

ホームズがフワリと亜季子の枕もとへと飛び上った。

「ホームズがいると勇気をもらえる」

と、亜季子は微笑んだ。

「それで、相談って？」

「ええ……。刑務所でも、赤ちゃん、産めますか？」

「刑務所？　どうしてあなたが？」

亜季子は晴美を見て、

「私も人を殺したんです」

と言った。

晴美が唖然《あぜん》としていると、病室のドアが開いて、

「失礼。――ここ、笹井亜季子さんの？」

と入ってきたのは――。

「まあ！」

亜季子が起き上って、「茂原君！　あなた――生きてたの？」

「やあ、元気そうで良かった」

茂原努は花束を手に、「僕かい？　もちろんピンピンしてるよ」

「でも……車で……」

「ああ、車にぶつかったときは、ちょっと頭打って、脳震盪《のうしんとう》起こしてたけど、じきケロッとしてたよ。俺、石頭なんだぜ」

「私――てっきり、あなたが死んだと思ってた！」

「ちゃんと足、あるだろ」

と、茂原は笑って言った。「君は大人になったね」

「ごめんなさい。あなたにはずいぶんひどいことをしたわ」

「いや、君が幸せになれば……。子供が産れるんだろ？」

「うん」

亜季子は微笑んで、「あの人は死んだけど、この子の中に生きてる。――ふしぎだわ、人間って」

と、下腹に手を当てた。

「おめでとう」

「ありがとう。わざわざ来てくれて」

「僕も――今、彼女がいるんだ」

と、茂原は言った。「外で待ってる」

「じゃ、早く行ってあげて」

「うん。――元気で」

茂原が手を差し出し、二人は固く握手をした。

茂原が出て行くと、晴美は、

「これで刑務所へ入らなくて良くなったのね？」

と言った。

「ホッとしたわ！」

と、亜季子が笑った。「あら、片山さん」

「え？――あら、どうしたの？」

晴美は片山が入って来るのを見て、「今日は江里さんとデートじゃなかったの？」

「すっぽかされたんだ」

と、片山はむくれている。

「どうしたのかしら。――待って」

晴美はケータイを取り出して、「メールが来てる。江里さんからよ」

「何と言って来た？」

「読むわ。〈片山さんへお伝え下さい。私の父は、会社のお金を盗んで逃げ、手配されています。ひどい父ですが、見捨てることもできず、私も父のために借金を抱えています。片山さんと会っているときは、いやなことを忘れていられました。でも、私もどこかへ逃げなくてはいけない状況です。片山さんにご迷惑をかけることはできません。もうお会いすることはないでしょうが、どうぞいい方にめぐり会われますように。江里〉」

――しばらく誰も口をきかなかった。

片山はため息をついて、

「俺って頼りがいがないのかな」

と言った。

「ホームズ、今度は片山さんを慰めてあげて」

と、亜季子がホームズの頭をなでる。

ホームズは、いささか面倒くさげに、

「ニャー」

と、ひと声鳴いたのだった。

解説

山前譲

ちょっとのんびりできる時間ができた。本でも読もうかなあ。さて、何を……。世の中にはさまざまなジャンルの本があります。どうセレクトするかは迷うことでしょう。趣味の本か仕事関係の本か、はたまた新しいことにチャレンジするためのものか。じつに悩ましい問題です。

小説というジャンルに限ってみても、その選択肢はあまりにも多すぎます。ミステリーとか恋愛小説とか好きなジャンルがあれば、あるいはお気に入りの作家がいれば、絞り込むことができますが、いっそのことパッと見たタイトルに惹《ひ》かれたものを読もう、という人も多いのではないでしょうか。

やはり妙にそそられるタイトルというのはあります。たとえばベストセラーとなった住《すみ》野《の》よる『君の膵臓をたべたい』は、ちょっとインパクトが強すぎますが、それだけにどんなストーリーか興味をもった人が多かったはずです。同じ作者の『青くて痛くて脆い』も絶妙なタイトルではないでしょうか。

数多くの作品を世に送り出してきた赤川次郎さんにも、タイトルから惹かれてしまうものがたくさんあります。もっとも強烈なのはやはり『セーラー服と機関銃』でしょう。一九七八年十二月に刊行された赤川さんの七作目の著書ですが、書店で目にしたとき、「いったいどんなストーリー？」とまず思ったものです。

まったく異質のものを組み合わせたそのタイトルは斬新《ざんしん》でした。ちなみに初刊本のカバーに描かれていた主人公である星泉《ほしいずみ》の制服はなんと——ちょっと不可解なその絵、機会があれば確かめてみてください。一方で、大林宣彦《おおばやしのぶひこ》監督による映画化も印象的な『ふたり』のように、シンプルの極みのようなタイトルもまた、物語世界に想像の翼を拡げさせることになるでしょう。

　また、赤川作品には、シリーズ・キャラクターものであることを明確にしたタイトルもあります。デビュー作の「幽霊列車」に登場した永井夕子の謎解きは、〈幽霊〉を冠した連作集にまとめられてきました（例外的な長編に『幽霊法廷』と番外編の『知り過ぎた木々』がありますが）。吸血鬼の娘のエリカやマザコン刑事の大谷《おおたに》、塚川亜由美《つかがわあゆみ》の〈花嫁〉シリーズ、マリとポチの〈天使と悪魔〉シリーズ、あの有名な盗賊が主人公の〈鼠〉シリーズなどもあります。

　そして、もちろん三毛猫ホームズの活躍もそのひとつです。一九七八年四月に刊行された『三毛猫ホームズの推理』が第一作でした。名探偵として大先輩であるシャーロック・

ホームズの作品群に倣ってのネーミングです。

そこから『三毛猫ホームズの××』という共通のタイトルのもとに連綿と書き継がれている、絹のような艶《つや》やかな毛並みのホームズ、警視庁捜査一課の刑事の片山義太郎《かたやまよしたろう》とその妹の晴美《はるみ》、その晴美に恋い焦がれている石津《いしづ》刑事によって解決された数々の事件については、いまさら多くを語るまでもないでしょう。

作品数が増えていくうちに、『三毛猫ホームズの××』の××のところがじつにヴァラエティに富んだものとなっています。いつかホームズの好物をリスペクトして『三毛猫ホームズのアジの干物』なんていう作品も書かれるのかなあ、などとも思ったりしたのですが、これはペットの飼い方の本と間違われてしまいそうです。

そんな三毛猫ホームズのシリーズのなかでも、この『三毛猫ホームズの暗黒迷路』はもっとも深刻なタイトルであるのは違いありません。〈暗黒〉と〈迷路〉――どちらもまったく先が見えず、不安に駆られてしまうじつに重苦しいキーワードです。もちろんそれをレジャーとして楽しむ機会がないわけではありませんが、現実社会で真っ暗なところに置かれてしまったら、出口の分からないところに迷い込んでしまったなら、とても冷静ではいられないでしょう。

片山義太郎はこの長編で、まさにそんな混沌《こんとん》とした世界に放《ほう》り込まれているのです。三人を殺して逃走中の金山広造《かなやまこうぞう》の潜伏先が分かりました。そこはゴーストタウンと化している一角でした。深夜、義太郎が停年間近の笹井《ささい》刑事らと金山の逮捕に向かった時には、人《ひと》気《け》がなくて真っ暗で、道が入り組んでいて、戸惑うばかりでした。まさに〈暗黒〉の〈迷路〉なのでした。

そして、たしかにそこに金山はいたのです。義太郎たちは彼を追い詰めます。ところが、なんと取り逃がしてしまうのでした。そして〈迷路〉に残されていたのは、若手刑事の若《わか》原《はら》の銃殺死体……。

金山に殺された？　ホームズがその場にいたらすぐに事件は解決したかもしれませんが、残念ながら片山家でお留守番です。金山はまんまと逃走してしまいました。そして、彼を追ってなおも続く義太郎の捜査行で直面したのは、さらなる〈迷路〉なのです。それは人間関係の〈迷路〉でした。

金山広造とその弟分の神戸《かんべ》哲《てつ》。金山の母である大津《おおつ》久仁子《くにこ》。笹井刑事の妻の貴子《たかこ》と娘の亜季子《あきこ》。貴子の友人で笹井刑事にほのかな思いを抱いている田村涼子《たむらりょうこ》。亜紀子のボーイフレンドの茂原努《しげはらつとむ》。亡くなった若原刑事の母の洋子《ようこ》と婚約者の中沢江里《なかざわえり》……。錯綜《さくそう》する人間関係が義太郎をさらなる〈迷路〉へと誘《いざな》います。

それは人間心理の〈迷路〉でした。それぞれが抱いた思いが交錯し、事件関係者の人生が迷走しはじめるのです。とりわけ複雑なのは恋心でした。恋愛関係の絡み合いが、事件を思わぬ方向へと導いていきます。じつは義太郎も当事者のひとりとなってしまうのでした。ついに結婚？　このシリーズの愛読者ならきっとドキドキするに違いありません。

そして金山の行方も分からぬままに時が過ぎたある日、晴美にかかってきた一本の電話が片山兄妹《きょうだい》を、そしてホームズを新たな〈迷路〉へと誘っていくのです。最後に待っているのはミステリーらしい事件解決への〈迷路〉でした。新たな死が謎解きの興味をそそっていきます。そして最後には、それぞれが心に抱いていた〈暗黒〉に光が差していくのです。

赤川さんはこの『三毛猫ホームズの暗黒迷路』が二〇〇七年三月にカッパ・ノベルス（光文社）の一冊として刊行された際、こんな「著者のことば」を寄せていました。

「自分は決して犯罪など犯さない」そう思っている人は多いのではなかろうか。しかし、人間はほんの小さな一歩を誤った道に踏み入れることで、簡単に悪事に手を染めることがある。

人間とは弱いものであり、同時にやり直し、立ち直ることができるものである。「罪を憎んで人を憎まず」という言葉を、ホームズや片山たちの行動を通して考えてみたい。

その年、アメリカ合衆国で住宅バブルがはじけ、翌二〇〇八年、世界はいわゆるリーマン・ショックに見舞われます。金融危機に伴う景気後退は日本にも訪れました。それはまさに一種の〈暗黒〉でした。しかし、人類はそれまでも何度となく〈暗黒〉に直面しています。そうしたバブル的な経済の崩壊、未知の病原によるパンデミック、大規模な自然災害、自らが起こした戦争や重大な事故やテロ……。

その都度、なんとか〈迷路〉の出口を見付けてきましたが、必ずしもそれは必然ではなかったはずです。為政者のなんのバックグラウンドもない思いつき政策と空疎な言葉の羅列に翻弄され、不安にさらされた人々も数多くいたはずです。

赤川さんは「暗黒の時代」と題したエッセイで、ヨーロッパ中世の暗黒時代に興味を持っていると述べていました。それは西ローマ帝国滅亡後からルネサンスの前までの混乱の時代ですが、そのエッセイは〝僕が一番興味があるのは、その暗黒時代に生きていた人々が、果たして自分たちの時代が「暗黒」であると考えていたのかどうか、ということだ。暗がりに馴《な》れた目は、それを暗さとは感じなかったのだろうか〟と結ばれています。

我々は〈暗黒〉を直視しなければいけません。そして〈迷路〉の出口を求めなければいけません。我らがホームズがシリーズのそこかしこで見せてきたような叡智《えいち》が、その出口に導いてくれると信じたいものです。そのためにはやっぱり、好物のアジの干物を用意しなくてはいけないのかなあ。

本書は二〇一〇年四月に光文社文庫から刊行されました。

三《み》毛《け》猫《ねこ》ホームズの暗《あん》黒《こく》迷《めい》路《ろ》

赤《あか》川《がわ》次《じ》郎《ろう》

令和２年 ５月25日　初版発行

発行者●郡司 聡

発行●株式会社KADOKAWA
〒102-8177　東京都千代田区富士見2-13-3
電話　0570-002-301（ナビダイヤル）

角川文庫 22172

印刷所●株式会社暁印刷
製本所●株式会社ビルディング・ブックセンター

表紙画●和田三造

ISBN 978-4-04-109567-6　C0193

◇◇◇

角川文庫発刊に際して

角川源義

第二次世界大戦の敗北は、軍事力の敗北であった以上に、私たちの若い文化力の敗退であった。私たちの文化が戦争に対して如何に無力であり、単なるあだ花に過ぎなかったかを、私たちは身を以て体験し痛感した。西洋近代文化の摂取にとって、明治以後八十年の歳月は決して短かすぎたとは言えない。にもかかわらず、近代文化の伝統を確立し、自由な批判と柔軟な良識に富む文化層として自らを形成することに私たちは失敗して来た。そしてこれは、各層への文化の普及滲透を任務とする出版人の責任でもあった。

一九四五年以来、私たちは再び振出しに戻り、第一歩から踏み出すことを余儀なくされた。これは大きな不幸ではあるが、反面、これまでの混沌・未熟・歪曲の中にあった我が国の文化に秩序と確たる基礎を齎らすためには絶好の機会でもある。角川書店は、このような祖国の文化的危機にあたり、微力をも顧みず再建の礎石たるべき抱負と決意とをもって出発したが、ここに創立以来の念願を果すべく角川文庫を発刊する。これまで刊行されたあらゆる全集叢書文庫類の長所と短所とを検討し、古今東西の不朽の典籍を、良心的編集のもとに、廉価に、そして書架にふさわしい美本として、多くのひとびとに提供しようとする。しかし私たちは徒らに百科全書的な知識のジレッタントを作ることを目的とせず、あくまで祖国の文化に秩序と再建への道を示し、この文庫を角川書店の栄ある事業として、今後永久に継続発展せしめ、学芸と教養との殿堂として大成せんことを期したい。多くの読書子の愛情ある忠言と支持とによって、この希望と抱負とを完遂せしめられんことを願う。

一九四九年五月三日

角川文庫ベストセラー

三毛猫ホームズの運動会　赤川次郎

今日は警視庁の運動会。片山も晴美も、石津も三毛猫ホームズも今日ばかりはルンルン気分。だが、こともあろうに、脱獄囚がまぎれこみ運動会は大混乱。さあ、ホームズ、どうする？

三毛猫ホームズの恐怖館　赤川次郎

片山兄妹とホームズは、ガス事故現場で女子高生の死体と行きあわせてしまった！　ドラキュラ、フランケンシュタインと黒猫が登場し、謎がまた謎を呼ぶ怪事件。ホームズ、どうさばく⁉

三毛猫ホームズの騎士道　赤川次郎

片山刑事と妹晴美、石津、そしてホームズが、初の海外旅行へ。行先はロマンチック街道。日本有数の資産家の殺人事件解明のために。古城に招いた一族全員に動機が……。

三毛猫ホームズのびっくり箱　赤川次郎

箱が人を殺したって……？　ごちそうを期待してパーティーに出かけた石津、片山両刑事の前に出されたのは、こんな難問だった。またまた怪事件発生。三毛猫ホームズがこの事件に挑む。

三毛猫ホームズの幽霊クラブ　赤川次郎

ドイツを旅行する、お馴じみの一行。ある夜、古城ホテルに泊まったのだが、正体不明の〈幽霊クラブ〉から殺人事件が発生！　ドイツより愛と恐怖をこめて贈る、絶好調、人気シリーズ。

角川文庫ベストセラー

今日の別れに　赤川次郎

男と女のあわい恋心が、やがて大きなうねりとなって、静かな狂気へと変貌していく。過去の記憶の封印が、いま解かれる――。ファンタジックホラーの金字塔、待望の新装版。

黒い森の記憶　赤川次郎

森の奥に1人で暮らす老人のもとへ、連続少女暴行殺人事件の容疑者として追われている男が転がり込んでくる。人嫌いのはずの老人はなぜか彼を匿うことにして……。

スパイ失業　赤川次郎

アラフォー主婦のユリは東ヨーロッパの小国のスパイをしていたが、財政破綻で祖国が消滅してしまった。入院中の夫と中1の娘のために表の仕事だった通訳に専念しようと決めるが、身の危険が迫っていて……。

ひとり暮し　赤川次郎

大学入学と同時にひとり暮しを始めた依子。しかし、彼女を待ち受けていたのは、複雑な事情を抱えた隣人たちだった⁉　予想もつかない事件に次々と巻き込まれていく、ユーモア青春ミステリ。

目ざめれば、真夜中　赤川次郎

ひとり残業していた真美のもとに、刑事が訪ねてきた。ビルに立てこもった殺人犯が、真美でなければ応じないと言っている――。様々な人間関係の綾が織りなすサスペンス・ミステリ。